目录

阴阳师 —— 苍猴卷

鬼市	3
役君之桥	20
机关道士	28
蛇之途	48
月之路	60
蛤蟆念佛	73
仙桃奇谭	87
安达原	108
低头之女	123
舟	128

阴阳师——萤火卷

双子针 145
仰天中纳言 157
山神的供品 177
往生筏 196
往来度南国 207
棘目中纳言 224
花下立女 237
屏风道士 244
产养之磬 256

阴阳师

苍猴卷

鬼 市

一

庭院里的樱花开得正好。

花瓣沉沉的,压得枝条下垂,若有谁在树下踏过一步,枝条便会因为那轻微的震动而折断。

夜晚,冰凉的大气中,透明的黑暗将樱花裹住。

在这黑暗之中,樱花迎着月光微微散发出光辉。一片片花瓣的色泽比萤火的颜色还浅,虽是虚幻的光辉,但因有几千、几万、几百万之多,却也好似佛界的光明,自遥远的西方净土一点一点抵达此处。

位于土御门大路的安倍晴明宅邸中,晴明与博雅坐在外廊上,正在饮酒。

灯台里燃着一点灯火。晴明背倚廊柱,单膝竖起,将盛着美酒的酒杯送往唇边。

博雅看着庭院中的樱花出了神,叹了口气,将杯中的酒一饮而尽。

"喂,晴明啊。"博雅开口了。

"怎么,博雅?"晴明将送往唇边的酒杯停在半空中,看着博雅。

"就是那樱花啊……"

"嗯。"

"这样边饮酒边望过去,我看那花瓣一片一片,都如同佛一般。"

"哦?为何呢?"

"樱花不久便要落尽了。"

"嗯。"

"不过,这是为了来年能再开花才飘零的,对吗?"

博雅将手中端着的酒一饮而尽,望向樱花。

"花从枝头落下之后,归于自然,化为地气,而后消散融解。樱花从大地中吸取地气,再度在枝头绽开花朵。这样一看,不仅仅是樱花,所有的花、所有的树不都是这个道理吗?如此想来,人啊,牛马啊,虫鸟啊,不也是一样吗……"

"嗯。"

"我想,不仅是人、牛马、虫子和鸟类,掉落在那里的石块、泥土、沙砾、尘埃、垃圾,以及我们身上所穿的衣衫,陈设的用品,不也是如此吗……"

"是啊。"

"空海和尚不是有这样的教诲嘛,这世上所有根本之中,皆有大日如来,其他的佛也都是大日如来的显现。"

"是有这句教诲。"

"这不仅仅指佛,世上的万物,包括樱花树在内的树木、花朵、垃圾、禽鸟、牛马、沙石、泥土,以及衣衫和陈设用品,所有的一切都是佛，不是吗？"

"的确如此。"

"这样看来，一片一片樱花都可看作是佛。这也未必是我醉酒的缘故吧？我想说的就是这个，晴明。"

"可真美啊……"

晴明喃喃道，将酒杯举起来抵在红唇上，饮尽杯中酒。

"真美？"

"嗯。"

"什么真美？"

"就是你方才说的话语。"

"话语？"

"这话语中所含的一念一想可真美。看来，美的东西之中潜藏着真实。"

"你在说什么，我不太明白。但如果我听不明白的话……晴明啊，你不会是又要说咒的事情了吧？"

"是啊，就像这世上万物之中皆有佛存在，这世间万物之中也都有咒存在。"

"喂，别讲了。你每次一提咒的事，我的脑袋就一团浆糊，我在说什么，你又说了什么，我可都分不清了。"

"不，没有你想得那么复杂。"

晴明正这么说的时候，忽然传来了一个声音：

"晴明大人——"

一看，是蜜虫站在外廊那边。

"藤原兼家大人来访。"蜜虫通传道。

"哦，来了啊。"晴明应道。

"那就请大人移步过来。"

晴明话音刚落,蜜虫便消失了。

"总算得救了,你要说起咒的事,我可吃不消。不过,兼家大人究竟为何而来呢?"博雅安心地舒了口气,说道。

"这个我也不清楚。"

"哦?"

"今日黄昏,兼家大人的侍者来访,说有事商量,今晚务必一见。我说今夜博雅大人也在,若不介意博雅大人一同旁听,就请大人来。似乎兼家大人并不介意……"

晴明解释时,蜜虫手持灯火从对面走来,身后跟的便是兼家,他满脸愁云地走着。

蜜虫把灯放下后,便消失了身影。

"晴明,救我——"兼家带着哭腔说道,"我太害怕了。"

二

据兼家说,昨夜他从自家宅邸坐牛车出门,只带了一名侍从随行,侍从名为俊次。除此之外并没有其他人跟随。

兼家这次出行是为了前往西京,与最近相识的名为理子的女子相见。

月色皎洁,路左侧是神泉苑,牛车通过啊哇哇十字路口[①],走过了朱雀大路。

再走片刻,向左手边拐去,继续前行,又往右拐,牛车便向西

[①] 指二条大路与东大宫大路交汇的十字路口,因经过此路口的人经常被吓到,大喊"啊哇哇"而得名。

驶去了。前方似有灯火点点,应该是正法寺这座荒寺所在之地。

走近一看,果然是正法寺,坍塌的土墙内能见到几株樱花树。

正法寺寺院内有几棵樱花树,其中一棵是尤为出众的古树,从远处就能看见。

兼家揭开车帘,远远地看见树下似乎还有几点灯火,火光映着上方的樱花,形成隐约朦胧的光晕,而且还有一股像在煮东西,或是在烤东西的香味飘过来。

"去看看。"兼家说。

"是。"

俊次随即走进坍塌的土墙内,不久便回来了。

"好像是夜市。"

"夜市?"

"寺院内有集市,似乎在卖些什么东西。"

"哦,是集市啊。"兼家点点头,"去看看吧。"

这位爱凑热闹的殿上人兼家一边说着,一边从车中探出身子。

"那可不是兼家大人这样身份高贵的人值得一去的地方,而且那儿有些诡异,您不会喜欢的。"

"夜市本来就有些诡异。"

"可是……"

"但去无妨。走吧。"

兼家让俊次备好鞋子,利落地下了车。

"走了,俊次。"

兼家走在前面,从刚才俊次跨进的土墙缺口很快走了进去。

到里面一看,那儿果然有一处集市。

地上铺着粗草席,摊主坐在上面,有人在卖散发着腥气的东西,也有人卖桶、盆、竹篓等家什。

四处燃着点点灯火。有从樱树枝条上垂挂下来的灯火，也有立在草席边的灯台。

不知从何处而来的人摩肩接踵，有逛铺子的，有沉默地四处游荡的。女人和小儿都有。摊上卖的除了梳子、簪子等小物件，鱼干之类的东西，碗，米麦等食粮，还有西瓜和菜瓜等蔬果，罐子，乃至生锈的太刀，镜子，各种物件一应俱有。

有件事奇妙得很。在此处行走的人面容都朦胧不清，看不出近处的人究竟长什么模样。一眼看去，人们眼鼻口的位置都不固定，歪歪扭扭、模模糊糊的。

不仅仅是面容，就连那些人的身体也都如影子一般模糊，轮廓不清晰。想仔细瞧瞧，越是凝神看去，那轮廓的边界越不分明。大人、小儿、女子的区别还能分清，可再想细细分辨就无能为力了。

而且说到集市，不管如何都应该喧闹非凡，人声鼎沸，热热闹闹的，可这集市却是寂静一片。

人们在交谈，但都只是窃窃私语，难以听清谈话的内容。买卖双方的讨价还价也是低声轻语，不知在说些什么。

让人不寒而栗的是，明明应该是人，却还有四脚爬行的，以及像蛇一般腹部贴着地面爬的。

"兼家大人，这景象太诡异了。这不是人间的集市，还请立即回去为好。"俊次说道。

"无妨、无妨。"好奇心旺盛的兼家却快步走上前去。

"噢，就是这里了，就是这里了。"

说着，兼家停了下来，面前是一张齐腰高的桌子，上面摆放着许多器皿，好像是卖某种吃食的摊位。

头顶伸出的樱花树枝上吊着灯。桌子两边各有一个炉子，一边的炉子正烤着什么，另一边的炉子则在炖着什么。

刚开始兼家闻到的香气，似乎就是从这两个炉子上飘出来的。

"我突然想吃这个了。"

兼家说完，桌子对面的男人就问："你要吃吗……"

男人身上穿的衣物不太好辨认，似乎是唐式衣装。

"请不要吃。那可能是把人的头啊、手脚啊砍下来做的。"俊次靠近兼家的耳朵边，轻声说道。

男人可能听到了，解释说："这可不是人的脑袋，是面。"

"面？"

"你吃吃看、吃吃看。吃了就知道了。"

"那就来点尝尝吧。"兼家说。

男人用勺子般的东西舀起锅内的吃食，连汤汁一起盛在一个大木碗里，递给了兼家。

碗里冒着腾腾的热气。将脸凑近那热气，顿时被难以形容的香味包围了。

兼家用筷子插进汤汁中，捞出了细长的东西。

"好了，可以吃了。"

听男人一说，兼家便将那东西放进口中，吸食起来。那东西哧溜哧溜地进入口腔，味道极为鲜美。

兼家不断地吞咽着。不一会儿，木碗便空了。

"那是……"他又指向炉上烤着的东西。

"这是芋头。"

"是吗，那也给我来点。"

兼家握着摊主给的东西，啃了起来。

这芋头也同样美味至极,不一会儿,兼家便风卷残云般吃了个干净。

"吃完了,吃完了。"

说着,兼家往前走去。在大殿前,有个支着摊子做小买卖的人,面前的台子上放着许多小器物。

往那台子上一看,除了镜子、双六①、梳子、簪子,上面还摆着旧衣物,以及独钴杵等法器。

其中一样东西让兼家"啊"的一声叫了出来。那是一把嵌着梅花图案的螺钿梳子。

"喂,这、这个是——"

那是四年前给相好的女子打造的梳子,兼家对梳子上的图案还有印象,只是已经遗失许久了。

当时,兼家以为是宅邸里一个叫忠安的侍者偷了梳子,于是抓了他,严加责罚。

"是你偷的吧,快快招来!"

但是忠安却一直说:"小人什么都不知情,并不是小人偷的。"

"把他赶出去!"

由于既没有证据,犯人也没有招供,兼家无法将此人送到检非违使②处,于是将他从宅子里赶了出去。

半个月后,有人发现忠安横尸于罗城门下。想来他是被责打时受了伤,被赶走后就这样倒毙街头了。

"兼家大人……"

台子对面的男子说话了,兼家朝他看去,只见那张刚才还朦胧

---

①一种室内游戏,类似棋。
②日本古代官职之一,检察京城内的违法行为,还掌管诉讼与审判。

不清的脸渐渐清晰起来。

"忠安?!"兼家大声叫道。

"好久不见。您可真下得了手杀我啊……"忠安将梳子拿在手上。

"你、你……这个梳子、这个梳子可是我的东西。"兼家不知是鼓起了仅剩的勇气,还是受到了惊吓,如此说道。

"如果被我偷走了,那就是我的东西了。"

"什、什么?"

"我打算把它送给相好的女人,可她也已经身故,就没法给了。"

"你、你,你已经……"

"您说对了,我是死人。"

忠安哼了一声,咧开嘴笑了,那口中只能看到两三颗牙齿,其余的在挨罚时被打断了。

在兼家身边,俊次忽然"哇"地大叫一声。

"这、这是,这是……"

俊次指着大殿台阶上摆放的东西,浑身颤抖。

坐在台阶上卖东西的人喃喃道:"是人头……"

确实,那里摆的是男人和女人的头颅,总共二十余颗。不论是哪一颗,都在月光下睁着可怖的双眼,瞪着空中。

兼家开始瑟瑟发抖。这里不是人该来的地方,是死人的集市。

"呀,闻到了人的气味啊……"

不知是谁的声音响起来。

"是啊,是活人的气味。"

"这样说来,我从刚才开始也闻到了人味儿呢。"

"什么?"

"什么?"

无数黑影从四下里聚集而来。

而后，忠安大声喊了起来："这个人叫藤原兼家，是杀了我的人。站在边上的是他的下人，叫俊次。"

一道道黑影向兼家和俊次逼近，将他们包围起来。

"给钱——"

说话的是刚才卖面的男子。

"还没有，我还没有收到面钱……"

给钱……

给钱……

黑影纷纷伸过手来。

"哇……""啊……"

兼家和俊次再也无法忍受下去，高喊着落荒而逃。重重叠叠的影子紧随其后。

两个人从墙壁破口的地方连滚带爬地逃到了外面。兼家立刻跳上牛车，俊次牵着牛拼命地逃走了，连回头往后看一眼的时间也没有。

他们没去女人的住所，径直逃回了自己的宅邸。

两人叫醒了宅院中的人。"快关门！""别让任何人进来！"兼家大叫着，突然感到一阵恶心，不禁开始呕吐。

他蜷起背，将胃里涌上来的东西哇地吐在了院中的地上，那是无数活生生的蚯蚓和蛤蟆，用两只手都捧不过来。

这时，有人敲响了紧闭的大门。

"就算您逃走了，我也知道大人的宅邸在哪儿。"

忠安的声音从门那边传过来。

"钱，请付钱啊……"

这不是卖面男子的声音吗？

敲门声和叫唤声一声接着一声，一直持续到天明都不曾停歇，直到清晨的阳光普照大地之前，才听见对方说了句"下个夜晚还会来的"，"请付钱啊"，之后才安静下来。

三

"那是鬼市。"听了兼家的话，晴明说道。

"鬼市？"兼家反问。

"是死人和非此世间之物聚集的集市。您是误入其中了。"

"啊……"

"那里卖的都是怪异之物、丢失后不可复得之物、旧物、被盗之物……"晴明说。

"可是，晴明啊，为何兼家大人能去得了那样的集市？"

"是因为啊哇哇十字路口吧。"

"啊哇哇十字路口？"

"没错。"

啊哇哇十字路口也称作啊哈哈十字路口，是二条大路与东大宫大路相交形成的十字街口。

此处的西北方向是大内，西南方向是神泉苑，自古以来便是一处让人觉得不可思议的十字路口。

"昨夜恰好是天一神通过路口，自北向南移动的时候，兼家大人也从那里横穿而过，所以才有了遇到阴态之物的缘分。"

"会、会怎么样？晴明，那些东西今晚还会来吗？"兼家问道。

"恐怕会的……"

"会一直到什么时候？"

"在那些东西与兼家大人的缘分消失前，它们会一直来的。"

"就没什么办法吗，晴明——"兼家像要哭出来一般，用恳求的眼神看着晴明。

"自然，办法是有的……"

"什么，有什么办法？"

"用什么办法才能镇住那些东西，我还没有头绪。"

"既然会有办法，那用什么手段都无妨吧？"

"不，这事可不能不择手段。"

"什么？！"

"如果用蛮力强行镇住它们，可能会招致新的怪异之事。"

"新的怪异之事……"

"正是。"

"那可麻烦了。"

"最好的办法是得到对方认可，不过……"

"不过什么……"

"兼家大人。"

"怎么了？"

"我想问您一件事，卖面人说要您付钱，这可以理解。可另一个人，那个忠安为什么要追着您呢？"

"这我怎么知道。你要是想知道，问忠安不就行了吗？"兼家说。

"原来如此。"

晴明极为少见地像是心悦诚服一般，拍了一下自己的膝盖。

"您说得没错。询问他本人确实是可行的。"

"等、等等。"

兼家慌张地抬起屁股。

"虽然可以问,要是他本人不在这里……"

话音未落,只听墙壁那边传来了声音。

"兼家大人……"

"兼家大人……"

兼家顿时蜷起了身子。

"来、来了吗?!"

"果然还是来了啊。"

"你说果然,是早就知道他们会来吗?"

"与您谈话时,感到院外有什么气息在靠近,所以……"

"什么……"

兼家还没合上嘴,墙外便传来了异样的声音。

"兼家大人,还钱——"

"还我钱来——"

"兼家大人,忠安的声音是哪一个?"晴明问。

"第、第一个声音是忠安。"

"原来如此,我明白了。"

"你明白了什么?"

"刚才我问您的事情。"

"问我的事情?"兼家吃惊不小,视线在墙壁与晴明的脸上来回游走。

"就是为何忠安要追着兼家大人。现在,这件事已经很清楚了。"

"什么?!"

"兼家大人,昨夜在鬼市您没有买什么吗?"

"这——"

"您先是吃了面,而且还没付钱吧?"

"对,对。"

"然后呢?"

"然、然后?!"

"吃了面之后,您是不是去了忠安那里?"

"是、是的。就是这样。"

"您在那儿做了什么?"

晴明发问时,外面又传来了"给钱——""给钱——"的声音。

"晴、晴明……"

博雅不由得一脸不安地看向晴明。

"请放心,不必担忧。我在自家宅邸周围布下的结界可不会轻易被破坏。"

晴明安抚博雅之后,重新转向兼家,问道:

"您没有悄悄地从忠安的铺子里拿走什么吧?"

"难道是这、这个?"

兼家将手伸进自己的怀中,又缓缓地拿出来。他手中握着的,正是从摊位上拿的那把梳子。

"正是如此。"

"……"

"忠安所说的付钱,应该指的就是这把梳子的钱。"

"什么?!这本来就是我的东西,为什么还要——"

"这道理在那边可行不通。就像熊把从人那儿夺来的食物埋在森林里。即使熊离开后,人刨出食物,带走了,熊也会认为自己的东西被人偷走了,因而发怒发狂,与起初这东西是谁的并没有关系。"

"唔、唔……"

兼家嘟囔的工夫，晴明命令蜜虫准备好墨、砚台和笔。

外面还是一声接一声地传来呼唤声。

"您逃走也没用，兼家大人。您去了哪里，我们可是一清二楚。"忠安说道。

"我们是被看不见的东西挡住了，才进不去，但您可没法一辈子都待在里面吧？"

这是卖面人的声音。

"兼家大人……"

"兼家大人……"

"付钱……"

"付钱……"

这时，晴明握着笔，在从怀中取出的纸片上连连写着什么。

"你在做什么啊，晴明？"博雅问道。

"做纸钱。"

晴明边挥笔边说。不知从什么时候开始，晴明对博雅说话的口气与平常并无二致了。

"纸钱？"

"也叫冥币，是那个世界使用的钱。"

说话之间，晴明已经画完了两三张纸钱。

画完几张以后，晴明说："兼家大人——"

"什、什么？"

"现在用这个给外面两位付钱，请您对那两位说，快快收下。"

"明、明白了……"

兼家朝外面看去，说："你们等等，现在就给你们付钱，你们待在那里就好。"

应和着他的话语,晴明拿起刚才画好的纸钱,一张一张地伸向灯火上方。

灯火片刻之间点燃了纸钱。

一张,两张,三张……

火烧到纸钱边缘时,晴明便将它丢在庭院里,再点燃下一张。

纸钱燃烧的烟雾升上天空,越过墙壁飘向院外。

而后,只听见"啊"的一声,从墙壁那边传来了忠安的声音。

"呀。"接着,又听到了卖面人的声音。

"是钱。"

"是钱啊。"

"啊。"

"啊。"

二人的叫声中显然充满喜悦。

不久后,传来了这样的声音。

"我收到了钱,就原谅你了,兼家。"

"既然付了钱,我也没有怨言了。"又听到了这样一句话。

"那么……"

"嗯。"

"走吧。"

"走吧。"

对话结束后,周围安静下来,风微微地拂过,除了樱花花瓣细微的摩挲声,再也听不到任何声音了。

"他、他们走了吗?"兼家问道。

"看来是的。"晴明唇边含着笑意,说道。

四

庭院的黑暗中，樱花沐浴着月光，透出微微的青光。樱花花瓣簌簌落下，似乎正在与微风细语。

晴明、博雅与兼家在外廊上坐着饮酒。

就算听不到卖面人和忠安的声音，兼家仍然不敢出门，便决定在晴明的宅邸一直待到天亮。

三人悠悠然地饮酒。

"吹一曲吧……"

晴明说罢，博雅从怀中取出叶二吹奏起来。那乐音在月光中飘散开去，仿佛闪烁着银辉。

银色的笛音抚过一片片花瓣，樱花开始飘散。

佛如同花瓣一般，也飘散着消失于天际。

花瓣便是佛，佛便是天地。无数的佛翩翩飞舞在墨蓝色的虚空之中。

博雅依然在闭着眼睛吹奏。

役君之桥

一

先说说役小角这个人的故事。

役小角也叫役优婆塞或贺茂役公,不过,也许叫役行者听起来更响亮些。

役行者在舒明天皇六年(634)生于大和国葛木上郡茅原村。

安倍晴明的师父贺茂忠行也是葛木的贺茂氏后裔,是位阴阳师。另外据《新撰姓氏录》记载,八咫乌是贺茂建角身命的化身,之后成为鸭县主之祖。所以,鸭与化为八咫乌的贺茂氏,就是那位出身于贺茂氏的贺茂役公(即役行者)以及晴明之间,自古以来便有不解的渊源。[1]

役小角的母亲梦见有金刚杵进入口中,随后便生下了这个儿子。相传役小角出生不久,便能口述佛教经典。

据说役小角后来成为山岳修验道的始祖,又掌握孔雀明王咒

---

[1] 日语中,鸭与贺茂发音相同。

法，而且能差使前鬼和后鬼①。

某日，役行者想在葛城山与吉野的金峰山之间架桥，便呼唤土地神前来劳作。但葛城山的神明一言主大神因为面目丑陋，便不肯在白昼间现身，只在看不见容貌的黑夜里劳作。

役行者为此大为动怒，便将一言主大神困在了岩石中。

一言主便附在韩国连广足②身上，借他之口诽谤役行者。

"役优婆塞意图颠覆天皇。"

天皇听信谗言，派遣使者去抓捕役行者，不料役行者法力高强，使者只得无功而返。

于是朝廷便捉了役行者的生母，以此威胁他。

"想要救你母亲一命，就乖乖束手就擒。"

为了让朝廷放过母亲，役行者自行现身，被捉住后流放伊豆。

役行者虽然身处伊豆，却御风而行，自由自在。相传他时而游走于富士高岭，时而化为仙人，西渡大唐修行。

二

原野上是满眼的新绿，吹过原野的风中也掺杂着林木间散发出的嫩叶香气。

安倍晴明在河川的堤岸上走着，眺望着这春意盎然的景色。每每有风吹过，将他那白色狩衣的衣袂吹得鼓胀起来。

河面上波光粼粼。

---

① 传说前鬼和后鬼为夫妻，被役小角收服为弟子。前鬼为夫，赤眼，手持斧头，又称善童鬼；后鬼为妻，黄口，手持水瓶，背着装有种子的背箱，又称妙童鬼。
② 7世纪至8世纪日本的咒术师，曾师事役小角。

走在晴明前面的是一位僧人打扮的老者。两个人已经走了三天,从都城来到这里。

"快到了。"老僧回过头对晴明说。

"是。"晴明应道。老僧又继续往前走。

四天前,晴明与博雅在晴明宅邸的外廊上饮酒时,这位老僧飘然而至。

在蜜虫的引领下,老僧见到了晴明,低下头说:"鄙人广达,因有事相求于晴明大人,特登门拜访……"

受老僧之托,晴明才来到这里。

三

禅师广达本是行禅①的僧人,常常进入吉野的金之峰——即金峰山,于山林间踱步诵经,参禅求道。

吉野郡的桃花乡有一条河流,名为秋河。

一棵巨大的梨树从岸的这一边倒向那一边,犹如一座桥的模样。这是什么时候形成的,又是如何形成了这样的桥,无人知晓其中的内情。

还有人说,早在三百年前就有这圆木桥了。

不仅是人,鹿和野猪等兽类也从这座桥上走过,来往于两岸之间。

不可思议的是,这座桥从来不会腐朽,也从未遭到损坏。如果是普通的圆木,常年风吹日晒,早就该腐烂了,但不论何时看到这座桥,它都像即将抽出枝条、长出叶子一般,犹如一棵生机勃

---

① 佛教术语,指以步行方式来修行的方法。

勃的树。

而且无论发多大的水，这座桥都不会被冲走。

有一天，因为有紧要的事，广达下了金峰山来到桃花乡。他偶然经过这座桥，便一边诵经一边走了上去。

不想，耳边传来了一个声音。

"呜呼，勿要踩疼我！"

咦？他停下诵经，止住脚步，可周围没看见任何人。

那是个小而微弱的声音，与拂过耳边的风声无异，细微得让人难以分辨。几乎叫人怀疑，刚才是真的听到这样的声音了吗？

大概是错觉吧？他继续往前走。

"让我从这里出去。"

耳边又传来了这样一句话，声音与方才有所不同。

广达驻足往周围一看，四下里还是没见到一个人影。

又走了几步，耳边再次响起一个声音。

"让我们实现心愿吧。"

他再次驻足察看，与方才别无二致，身边并没有人的踪迹。

好像还能听到点别的动静，可又听不清楚。

如果再往前走，声音又一次传来，似乎不是错觉。

"呜呼，勿要踩疼我！"

"让我从这里出去。"

"让我们实现心愿吧。"

在这些声音之外，一些微弱的声音也逐渐传入耳中。

"我乃……"

"我是……"

"我为……"

过了桥，广达再次折回，发现果然还能听到同样的声音。不知是何物在努力地向他传达着什么。

倏忽间，广达体内涌起一股炽热的情感，泪水不禁夺眶而出。

此事非同小可，必须做点什么，救助这些发出声音的东西。

抱着这种想法，广达与乡里人到处攀谈，可没有人听到过他所说的声音。

该怎么办？广达苦苦思索。

"请都城的阴阳师来怎么样？"

有人向他提议。

"住在土御门大路的那位叫安倍晴明的阴阳师不是很厉害吗？"

"这样的事，还是得找阴阳师啊。"

于是广达来到都城，造访晴明的宅邸。

应他的请求，晴明要与广达一同离开都城前往此地查看。

但是，博雅在两天后恰好要值夜，无法连着几天都出门在外，便噘起了嘴表示不满。

"你要去吗？"晴明问。

"没、没法夫……"博雅答道。

四

"确实听得到。"

晴明踏上那座桥，走了一个来回后这样说。

他中途多次驻足，侧耳倾听着什么声息。

"对吧。"广达说。

"是禅师所言的声音。"晴明应道，"不过，也像您说的，听不清其他声音在说些什么。"

"你知道是从哪里传来的声音吗?"

"知道。"

"是哪里?"

"来自这根架桥所用的圆木之中。"

"什么……"

"请稍等。"

晴明再次来到梨木桥上,左手撑在木桥上,双膝跪地,口中小声诵着咒语,把左耳贴于圆木表面。

"嗯……"晴明小声自言自语起来。

"哦,原来如此。"

"原来是这样。"

"嗯。"晴明不断点着头,不久后站了起来。

"您是明白了什么吗?"广达问。

"大概多少知道了一点……"

"是怎么回事呢?"

"这座木桥中有佛存在。"

"您说什么?"

"这后面难以听清的声音分别是'我乃阿弥陀佛','我是弥勒佛','我为观音菩萨',似乎是在说这个呢。"

"那、那么,说话的就是那三尊佛吗?"

"正是。"

"佛为何会在这样的桥中呢?"

"据三尊佛所言,以前曾发生过这样的事。"

晴明将听到的故事娓娓道来。

三百余年前,役行者在此地发现了这棵梨树。

看到这棵树后,役行者赞叹道:"嗬,这可真是一株良木。"

"通常而言,梨树并不是适宜雕刻佛像的木材,不过,这树中竟然已经有三尊佛存在了。"

据说役行者抚摸着树干,这样说道:

"此乃阿弥陀佛。"

"此乃弥勒佛。"

"此乃观音菩萨。"

而后,役行者将树砍倒,这棵树倒下来,正好从岸的这一边搭在了那一边,犹如桥一般架在河上。

接下来,役行者正要开始雕刻佛像时,传来了母亲被抓的消息,他没来得及雕出三尊佛的形象,便被人抓了起来。

"可是,因为那役行者抚摸着树身,已经唱诵过佛名,所以三尊佛便寄身其中了。"晴明说道。

"是真的吗……"

"是的。于是每当有人走过,桥中的佛便出声呼唤,可普通人的耳朵却难以听见。若不是禅师这样修为高的人,或者像我一般的人,是无法听见这些声音的。"

"原来如此,原来如此。"广达怆然泪下,频频颔首,"那就由我来雕刻吧。我来将这段木头雕刻成佛。"

五

广达开始动手雕刻。

用锤子和凿子叮叮当当地敲打,不费多少力气,树木便仿佛自己生出了形状。不过十日工夫，广达雕刻出了三尊佛像。

这三尊阿弥陀像、弥勒像、观音菩萨像，被安置在了吉野郡越部村的冈堂内。

据说为了参拜佛像，芸芸香客从四面八方赶到此地。

不过，雕刻完三尊佛像，梨树仍有剩余的木料。人们便用剩下的木头重新建起了桥，就架在秋河上原来有桥的地方。

自不必说，那座桥上有人行走，除了人之外，鹿和野猪等兽类也一如既往地渡桥而过。

机关道士

一

有个名叫韩志和的人,他究竟是从什么时候起出现在了都城,已经无从得知。

有人说他是大约半年前出现在了东市,也有人说一年前在罗城门下见他在遛一只巴掌大的小狗。至于真相如何,没有人清楚。

不过最近的传言是,他在东市的市姬神社前上演了各种奇妙之技,所以他或许经常在东市出没。

这韩志和精于木雕。

有人聚集过来,他便在地上放上大大小小的圆木,对大伙儿说:"来吧。你们说什么,我就雕什么。尽管开口。"

他外表大约是五十几岁的模样,身上穿的衣物像蓝色的道服,头戴一顶皱巴巴的乌帽子[①]。

那灵动的圆溜溜的眼睛像鸽子蛋一般,让人倍感亲切。

---

① 平安时代至近代和服的一种黑色礼帽。

"好啦，怎么样？"

他刚刚说完，便有人喊道：

"雕只狗吧。"

"雕只鹤怎么样？"

"那就雕狗。"

志和将手伸进怀中取出凿子，坐在圆木前，用双脚的脚底夹住圆木，左手握着凿子，右手拿着木槌，立即雕刻起来。

他一边雕刻，还一边和手里的东西聊着天。

"啊，真可爱啊。你是哪里来的狗呀？"

"是嘛，从天竺来的呀。"

"那这样，把你的尾巴留长点吧。"

"脚要粗一点，好吧？"

如此这般，看客中没有一个人会感到无趣。

不仅边雕边聊天，他敲凿打槌的动作也好看极了，一举一动本身就是场好戏。

他打开那木狗的肚子，一会儿往里塞东西，一会儿又往里嵌什么。把狗的四肢、头和尾巴先一样样刻好，再重新组合起来，一只小狗便做成了。他左手拿着小狗，右手轱辘轱辘地转动狗尾巴，将狗轻轻放在地上，那木雕的狗竟像真的狗一般走了起来。

而且，他做了只喜鹊放到空中，木雕的喜鹊拍打着翅膀，竟然飞了百尺有余，不久后才盘旋着落地。

他做的猫也宛如真的猫一般，能抓到麻雀和老鼠。

他展示这些高明的技艺，获取众人打赏的钱币，再换取米粮糊口，似乎便是以此为生。

不久，志和的名声传到了小鸟游渡那里。

小鸟游渡的宅邸位于四条大路的鸭川附近。他是位年近古稀的老者，专好珍奇之物，如果听闻哪里有稀罕的东西，或者世上少有的珍宝，不拿到手绝不罢休。听说有放下师[1]会表演少见的杂技，他便叫人到府上表演，据说还曾让擅长表演蜘蛛舞[2]的人在绳上跳舞。

　　而且这小鸟游渡是个性格放恣的人，在宅邸内造了一处库房，专门用来收藏所集之物。

　　从唐土而来的琉璃盏、玉器、螺钿琵琶、锦缎、金银器物、子安贝[3]、佛具、发饰等，都琳琅满目地摆在库房中，或是收在箱子里。

　　传闻韩志和是从唐土而来，或是去过唐土。这些消息传到小鸟游渡的耳朵里，他无法抑制内心的激动之情。

　　"速叫这韩志和前来。"

　　于是，韩志和就被从东市上叫到了他的宅子里。

　　志和立即在渡的面前雕了鹤与小鸟，在庭院里放飞。

　　他又把一只用木头雕成的猴子放在松树底下，猴子自如地动了起来，开始爬树。

　　渡喜出望外，频频赞叹："竟有如此绝妙的法术。"

　　听到此话，志和却平淡地说："不，这并不是法术。"

　　"不是法术？"

　　"是的。若说是法术，也能称为法术，但不是阴阳师和高野山圣僧那样的法术。"

　　"那又是怎么回事？"

---

[1] 日本中世至近世在街头表演耍球、空竹等杂技的艺人，多打扮成僧侣。
[2] 日本中世末期至近世前期流行的杂技，类似现代的走钢丝节目。
[3] 绶贝，从前作为保佑顺产的护身符。

"阴阳师和高野山圣僧所行之术是历经修行、获得道力，才能使出的本领。"

"那你的法术有所不同？"

"如果认为这是技艺，那么连渡大人也能让小鸟飞起来。"

"什么？连我也可以吗？"

"是的。"

志和将雕好的小鸟递给他。

"能不能请您将小鸟右边的翅膀朝自己的方向转两三次，直到转不动为止？"

"这样吗？"渡按照志和所说的做了，一边转一边看着志和。

"然后请用双手托着小鸟，让它的头朝向天空，轻轻放飞即可。"

"是这样吧？"

说完，渡一放手，小鸟就吧嗒吧嗒地拍着翅膀朝天空飞去，飞至百尺有余的高度，才缓缓地朝着那边的松树下盘旋而落。

"啊，这可真厉害。"

渡十分欢喜地说完，似乎又想起了什么，露出严肃的神色，自言自语地说："可是，略微有些不足啊……"

"有什么不足呢？"

"会飞的鸟、会爬树的猴子、会走路的狗，都是我之前听说过的东西，其他人也都看过，对吧？"渡说，"有没有别人还没见过的东西？对了，龙。你雕一条龙，让它飞飞看呗。"

"您是说龙吗？"

"你办不到？"

"不，如果是这样的庞然大物，可无法立即在这儿做出来。"

"当然。不过你要几天才能做出来呢？"

"如果能给我半个月的时间……"

"这样啊。从这里往北去的三条,有我另一处宅邸,你可以在那儿雕刻。半个月后,我去那里看看。"

渡没等志和答应下来,便擅自决定了。

"假如你能做出什么让我大吃一惊的东西,就算是给你一半宝物,我也绝不吝惜。"小鸟游渡如此承诺。

二

正好在半个月之后,小鸟游渡来到了那座宅邸。

"怎么样,成了吗?"

一进门,渡就迫不及待地问出来迎接的志和。

"嗯,勉强算是——"

"那赶快让我看看。"

听到志和的应答,渡大步流星地向宅邸东侧的庭院走去。因为收到过下人的禀报,他知道志和是在那个院子里制作龙。

"这究竟是……"

看到眼前的情形,渡停下了脚步。

他面前是一个方形的台子,或许说是箱子也可以,但是体积有一间小屋那么大,每条边约有八尺长。

随同前来的人不知道这究竟是什么东西,在宅邸里照顾志和伙食的下人也同样不明所以。

其实,志和到了此处,就先做了这个箱子一般的东西,之后的工作都在这箱子里进行。

箱子上面原本开着采光的窗户,可是现在也关上了。但不知什么时候，增设了用于登上箱子的阶梯。

"这是望龙台。"志和说。

"什么？"

"请您登上这台阶，站到台子上就可以看到龙了。"

"是、是吗？"

小鸟游渡一边说，一边逐级登上设在那里的台阶。一级、两级，每往上走一步，台阶就发出吱吱呀呀的响声。

箱子里似乎有什么东西在游走，扑腾扑腾地活动着。

小鸟游渡登上最上面一级台阶的时候，意料之中的事果然发生了。

箱子上头的板子突然朝天打开，咣当一下折了起来，从中升起一个巨大的龙首。

龙从那里爬出来，咔嚓咔嚓地用爪子挠着箱子表面，那巨大的龙首张开大口，居高临下地看着小鸟游渡。拳头大小的眼珠子骨碌碌地转动着，从口中嘀嘀地呼气。

"哎呀！"小鸟游渡不禁失声惊叫，往后一退，在台阶最上面一级上踩了空，仰面朝天滚了下来。脸上也沾上了泥土，弄得脏兮兮的，他面红耳赤地爬了起来。

看到龙的人中，有的受到惊吓，有的想要逃走，每个人的表现各不相同。不过，看到渡摔了下来，笑出声或强忍笑意的大有人在。

"岂有此理！"小鸟游渡大声斥责志和，"你竟然拿这种东西来糊弄我，拿我当笑话！"

"哪里、哪里，小人岂敢。"

志和畏畏缩缩地说，可是渡没有原谅他。

"抓了他，快来人抓了这韩志和。"

片刻之间，随从便将志和包围起来。

"请等一等，请等一等。"

志和无法脱身，被人按在地上动弹不得，拳打脚踢一番。

"真想不到事情竟变成这样，还容我谢罪，接下来还有一个无人见过的东西想让您过目，请一定赏脸观看……"志和说。

听他一说，渡的好奇心瞬间被激了起来，说："那就拿来看看。"

众人松手以后，重获自由的志和站在原地，把手伸进怀里，取出一个手掌大小的盒子。

"请，还请您看看。"志和拿掉盒盖。

小鸟游渡往里面一看，发现盒子里有无数红豆大小的红蜘蛛，在密密麻麻地爬着。再仔细一看，发现那都是木头雕成的。

"这是能捉苍蝇的蜘蛛。"

志和刚说完，盒中的蜘蛛就接二连三地跳出来。有的掉到了地上，还有的爬到两人的衣物上，然后跳着捕捉近处的苍蝇，吃了下去。

"好……"

小鸟游渡感叹一声，看了好一会儿红蜘蛛捉苍蝇的情形，回过神来，才发现那韩志和已经不见踪影了。

三

初开的杜鹃花上，有黑色的蝴蝶在飞舞。那是黑凤蝶。

黑凤蝶在花丛中翩翩飞舞，时而停在空中，时而驻足于花瓣上，吸食花蜜。

"已经到这种蝴蝶飞舞的季节了……"

源博雅喝完杯中的酒，感慨道。

在安倍晴明的宅邸，两人坐在外廊上。

日渐浓郁的青叶香气飘漾在风中，和风拂面，气温宜人，喝到微醺时分，身子稍稍有些发热。

"但这蝴蝶可真是不可思议呢，晴明。"

"怎么不可思议？"

"看看人呀，晴明。"

"人？"

"所谓人，刚出生时就已经是人形了吧。"

"嗯。"

"从出生到衰老而亡，都一直维持着人的形态。"

"确实如此。"

"但蝶这种生物，出生时只是一颗小小的卵。在这一点上，鸟也是一样的。可是蝶从卵孵化后，也只是变成虫子，之后成蛹，再破蛹而出，展翅成蝶。到底哪种姿态才是蝶的本真呢？"

"不论是哪种姿态，每一种姿态的蝶都是蝶。外观随时光不断变化，这一连串的形态方才称为蝶。这世上的一切都有咒加诸其上，咒的形态是何等千变万化……"

"等、等等，晴明。"

"怎么？"

"咒的事就说到这儿吧。"

"我觉得以咒为例，谈论天地之理会更容易理解……"

"不，不是说这个，是有客人——"

博雅将视线投向晴明背后的庭院。在那已生出叶子的樱花树下，有一个人影。

那似乎是一位身着白色水干的少年。

那人影踩在庭院里如同原野一般繁茂的草地上，向这边走来。

"露子姬……"

博雅喃喃而语，叫出了那个人影的名字。

露子是一位热爱虫子的小姐，喜好花鸟鱼虫等野生之物，常常捕捉回来饲养，将饲养情况写在日记里。

她本是一位适合待在闺阁内的小姐，却喜好着男子装束，溜出闺阁在野地里游戏。她将长发束起盘在脑后。想来应该是芳龄二十，却未施粉黛，一身男儿打扮，看起来犹如十三四岁的少年。

露子走到晴明与博雅所坐的外廊前，停下了脚步，她左手提着一个竹编的笼子。

"许久不见，晴明大人，博雅大人。"

露子微微一低头，面带笑意，然后抬起头，用黑溜溜的眼睛看着两人。

"门开着，我就大胆地进来了。"

"自然无妨。你今天是一个人啊，连蝼蛄男和黑丸都没带来？"

晴明问道。露子微微收起下巴，轻轻点头。

"今天抓到了尤为奇妙的东西，无论如何都想让晴明大人见一见，就直接来了。"

"奇妙的东西？"发问的人是博雅。

"胡蝶——是蝴蝶哟。"露子提起左手中的笼子，给二人看。

不论是胡蝶还是蝴蝶，都是指蝶。

露子提起的笼子中，有发着金光的东西在翩翩飞舞。她将笼子放在晴明与博雅之间的木地板上。

往笼子里一看，里面确实有一只蝶。它抓着笼子上的一根竹条，翅膀安静下来不再拍动，不过那确实是一只蝴蝶。

然而——

"我是第一次看到……"晴明说。

这只蝶的大小与方才在庭院里飞舞的黑凤蝶相近。不仅是体形，它的外观也与黑凤蝶十分相似，只是颜色不同。这只蝶的翅膀是金黄色的。

它就如黄金一般，变换角度去观察，因为光的反射不同，那金黄的颜色也会随之变化。

博雅伸出手指触碰笼子，蝴蝶便离开竹条，又在笼中翩翩起舞。

"今天早晨，这蝴蝶飞到庭院中的杜鹃花上，我便捉住了它。我可是第一次看见这样的蝴蝶。"

露子因为兴奋，脸颊红润起来。

晴明若有所思地问道："不过，露子小姐所住之地靠近四条大路那边吧？"

"嗯，是啊。"

"离鸭川也没多远吧？"

"嗯。"

"哦。"晴明拿起笼子，凝神看着里面，"原来如此……"

看着独自颔首的晴明，博雅问道："喂，晴明，我也是第一次见到这样的蝴蝶，听你的语气，你曾经见过？"

"不，正如方才所说，我也是第一次见。不过之前倒是有所耳闻，知道那蝴蝶原来是这么一回事，所以才点头。"

"那蝴蝶？"

"其实是昨天的事。昨晚，小鸟游渡大人家中差人前来，说是有件让人头疼的事情，问我能否为大人解决。"

37

"头疼的事？"

"是啊。然后，我告诉对方，明日——就是今天午后将拜访府上，不过已约好与博雅大人饮酒。喝上两三杯后，顺便为了醒酒，将前去府上，若是博雅大人也愿意去，便一同拜访可好……"

"是发生了什么事情吗？"

"最近，都城里有一个被大家传得沸沸扬扬的人，叫韩志和，你可听说过他的事？"

"噢，就是那个让木雕的东西自如地活动的人，对吧？"

"嗯。"

"他怎么了？"

"渡大人十分爱好奇珍异宝，便叫那志和去了他的宅邸。"

"嗯。"

"据说刚开始还没出什么岔子，可是之后，渡大人吩咐志和雕一条龙试试。"

"这我听说了。渡大人因为那雕刻出的龙过于逼真，吃了一惊，从楼梯顶上跌了下来，是吧？"

"止是如此，不过——"

"不过什么？"

"这次渡大人想商量的事情，其实是之后发生的。"

于是，晴明开始说起后面的事来。

四

最早看到那只蝴蝶的，是小鸟游渡宅邸里的婢女。

那恰好是志和消失后的第三日。

据说那天清晨，婢女向庭院望去，发现盛开的牡丹花上，有闪着金光的东西在翩然飞舞。

那是什么？婢女不禁疑惑，细细看去，发现竟然是闪着金色光芒的蝴蝶，美丽至极。

正当她看着蝴蝶的时候，那蝴蝶飞向了远方。

婢女本来还在疑惑，世上真有这样的东西吗？不过第二天，有好几个人都在庭院里看见了三只带有异色的蝴蝶在飞舞，两只金黄色，一只银色。

第三天，异色的蝴蝶变成了七八只；第四天，蝴蝶的数目超过了十只；又过了一天，竟然数不胜数了。

其中金色最多，此外还有银的、赤的、蓝的、绿的。彼此形态不一，即使同是金色的蝴蝶，也有翅膀更长的、体形更大的。

大家正思忖着究竟为什么会有如此之多的珍奇蝴蝶在飞舞，一个下人叫道："看那边。"他指向小鸟游渡的珍宝库高处的窗户。

从那窗子——也就是宝库里，翩然飞出了色彩斑斓的蝴蝶。

小鸟游渡收到了下人的汇报，立即前往宝库，进去一看，里面飞着数也数不清的蝴蝶。

然后，真相终于昭然若揭——那些放在架子上的珍贵的金银工艺品，大多都变了模样。有的成了毛虫，有的化为蛹，有的则正从蛹羽化成蝶。

院中飞舞的珍奇蝴蝶都是从小鸟游渡的宝物变化而来。

黄金的手工艺品、红玉、珊瑚、玉器——所有的宝物，如今都在这架子上或架子上的盒子里慢慢化为蝴蝶。

"啊！"

渡大喊一声，用手按住架子上的宝贝，却无法阻止这些金银器物变成蝴蝶。

渡只好让人盖上桶盖，抓住飞舞的蝴蝶塞进箱内和笼中，再堵上窗户，闹出了好大的动静。

五

"这是昨天的事。"晴明说，"所以渡大人急急忙忙地差人来我这里了。"

"那么，这笼中的金色蝴蝶是……"

"是由渡大人的宝物变化而成的吧。"

听到晴明所说，露子发出"哎——"的一声，看向笼中的蝴蝶。

"就是这么回事。"

"嗯……"

"我想是时候动身了，怎么样？"晴明说。

"什么怎么样？"

"去吗？"

"去渡大人的宅邸？"

"正是——"

晴明看着露子，说："怎么样？露子小姐也去？"

"我去的话无妨吗？"

"带上这蝴蝶去，就没事了。"

"我也想去。"

"那就一起来吧。"

"我、我——"

"你不是也要去吗，博雅？"

"嗯、嗯。"

"走吧。"

"走吧。"

事情便这样定了下来。

六

进入宝库中,里面点着灯火。

为了能射入一些光线,打开了窗户,那些蝴蝶——小鸟游渡的宝物从那里纷纷飞了出去。

在灯火的照射下,不计其数的蝴蝶在翩翩飞舞。

有金黄色的、银色的、琉璃翅膀的、玉翅膀的,着实是颜色各异、形态万千,光芒四溢的蝴蝶在宝库里飞舞,令人眼花缭乱。

"哦,真是美不胜收……"

博雅不知不觉地发出了声音。

"真美……"

露子也睁大眼睛,抬头看着这一幕。

"这、这,能不能帮帮我?"

小鸟游渡握着晴明的手说道。

"这可——"

晴明一边说一边看向周围。

"您在看什么?"

"虽然宝物变成了蝴蝶,但其中必有原因。我正在思考这其中的缘由。"

"可、可是……"

"之前，有谁能进入宝库吗？"晴明询问道。

"没、没有。除了我，任何人都不能进来。就算有人想进来，我不给钥匙，也开不了门。"

"如果有人穿过墙壁，或是从地下钻进来呢……可现在看来，无论是墙壁也好，地面也好，都没有这样的痕迹。"

"是、是的。"

"这样的话，便是从外部施了咒，或者……"

晴明抬头看向墙壁上方。

"就是那边的窗子了。"他说了一句。

"嗯。不过，这么高的地方，人实在难以爬上去。就算能爬上去，现在为了不让蝴蝶飞出去，也早已把窗户关上了。窗户上有木条拦着，人也不可能通过。"

"那如果不是人，又如何呢？"

"不是人？"

"比如说，若是鸟儿或猴子，会如何呢？"

"鸟儿，猴子？！"

"是。"晴明边说边抬头望向架在头顶的横梁。

在屋顶的正中央，一根粗梁木从这头架到那头，晴明端详着这根梁木，开口问道：

"这儿有谁动作麻利？"

"小人能行吗？"渡的一个下人站到前面。

"你能不能爬上梁木，看看那里有什么？"

"那小人去了。"

男家仆手脚并用，先爬上架子，上去以后站在架子顶上。他伸出手，恰好能触及上方的梁木，便从那里轻轻跃了上去。

"看到什么了吗？"晴明问。

"那边的粗梁木上，好像有什么东西坐在上面。"男家仆说。

"可否取下它，带到下面来？"

"明白了。"男子敏捷地跳跃着向前移动，停在了正中间最粗的梁木上。

"这究竟是什么……"

他似乎从那粗梁木上捡起了什么，左手抱着那东西，右手扶着木头，从架子跳到了地板上。

"怎么样？"晴明问。

"是这样的东西。"男子将那个物件递给晴明，"就是这东西孤零零地坐在梁上。"

"这个？！"

那原来是一个木雕的猴子。

细细一看，猴子的双手捧着两个摞在一起、瓶口相接的器具，器具还被绳子打了十字束缚着。

"嗯……"晴明若有所思地解开缠绕的绳子，拿掉了上面摞着的那个器具。

结果，从中掉出一个闪着金光的小东西。

"这、这是……"

博雅话音未落，露子开口了。

"是蛹啊。"

"蛹？！"

"是的。虽然是人做的……"

那是人做的东西，在场的人自然都明白，是用尖锐的凿子或小刀在金子上雕刻而成的。

"不管怎样，就是这个了。是这个蛹雕让渡大人的宝物变成了蝴蝶。"

"这、这个猴子呢？"

"恐怕是从外面翻窗进入宝库，然后坐在了那梁木上。"

晴明说着，将蛹合于双掌中，念诵起了咒语。而后，空中飞舞的蝴蝶立刻纷纷落地。

咯噔。

啪啦。

一看，那些稀里哗啦地掉在地上的东西，都是现出原形的金簪子、梳子、玉器。

七

"怎么样，咱们走吧？"

出了小鸟游渡的宅邸，晴明让车子先回去，这样说道。

在场的人除了晴明，还有博雅和露子。

"走是可以，但我们要去哪里呢，晴明？"博雅问。

于是，晴明将双手捧着的猴子雕像放在左手上，说："这猴子会告诉我们要去的地方。"

接着，他又用右手抓住猴子的短尾巴，转了几圈后，将手抵在猴子的额头上，小声地念诵咒语。

"如夕阳西沉，如倦鸟归巢，如雨化云，重返天空，汝亦可速速归于主人身旁。"

念完之后，他将猴子放在地上。

顷刻之间，猴子就像活了一般，灵活地动了起来。

"喂，晴明，猴子动了！"

"我们只要跟着它走就可以了。"

猴子向前走去，晴明、博雅、露子三个人紧随其后。

途中，每逢猴子停止走动，晴明就转动它的尾巴，它便又开始移动，向东边前行。

到了鸭川，一行人下了河滩，踩着石头和草丛向上游方向走去，看到一棵大柳树出现在河滩上。树下有一间似乎是用浮木搭成的小屋。墙壁是用泥土糊成的，屋顶则是用河滩上的芦苇铺就。

猴子一颠一颠地走着，穿过小屋门口挂着的席子，进了屋里。

三人刚进入小屋，一个声音响起来：

"终于来了啊，晴明——"

眼前是一位老者，满头白发如蓬乱的枯草，直直地向着天空生长。此人正是芦屋道满。

道满坐在小屋最里面，身边还坐着一个看上去约有五十出头的男子。那男子的膝头，则坐着刚才领路的猴子。

二人之间的石头上，放着一个酒壶和两个酒杯。

从这酒香来看，二人正在此处喝酒。

"哦？这位就是晴明大人吗？"

这男子目光亲切，转动着眼珠，微微笑着说道。

"果然是您，道满大人。"晴明说。

"我猜到了，你一定会来的，因为我知道那家伙会哭着去求你帮忙。"

道满手执酒杯，一口饮尽其中的酒。

"像那样将两个器具摞在一起，而后施咒，除了道满大人您，别人一定办不到。"

"为了让你知道是谁做的，我可是有意为之呢。"

"不过，您为何要做这样的事情？"

"因为小鸟游渡想让这天下第一的韩志和遭殃啊。志和大人原来在大唐长安，可是个名闻天下的机关高手。而且志和大人是我昔日的知己，可不是小鸟游渡这种家伙可以随意驱使的人。"

道满说完，志和像感到不好意思似的挠起了头，说着："哪里哪里，哪里哪里……"

"怎么样，晴明？既然是那男人的东西，他应该数过了吧。"道满说。

"是的，数过了。"

"少了多少？"

"正好有一半之多变成了蝴蝶，不知飞向了何处。"

"唉，差不多就得这样。那便原谅他吧。"

"那便原谅他？"

"那家伙不是说了吗？要是能雕一条龙，让自己大吃一惊，就给志和大人一半宝贝。"

听了这话，志和像感到更加惶恐一般，挠着头说："这可，这可……"

"可是，为什么会将宝物变成蝴蝶呢？"博雅问。

"蝴蝶由卵变为成虫，其间的各种形态变化是极为自然的。所以，宝物变成这样的东西也不难嘛。"

道满看着晴明，说道："怎么样，晴明，喝点酒再走？"

"屋里有些狭窄，到外面如何？"

道满拿着酒壶和自己的酒杯起了身。

走到外面，午后的阳光正照在河滩上，鸭川水缓缓流淌。风拂过河滩上的青草，又向远方吹去。

"真是清风宜人……"博雅望着河滩，喃喃自语。

站在志和边上的露子说："那猴子可爱极了，我喜欢。"

听露子这么一说，志和又一脸羞怯地频频挠头，笑着说："哪里哪里，哪里哪里……"

蛇之途

一

那东西一直跟在身后。

不论什么时候回头,都有一条青蛇尾随。

出了信浓国后,隔着三四间①的距离,总有一条约八尺长的青蛇在身后跟着。

伴正则无计可施,这件事一直让他惦记在心头。

这情形一直在持续,今天已是第三天了。

正则在过去的四年里一直担任信浓守,任期结束之后,他正要返回都城。

可是,这条蛇为什么一直尾随着他呢?

乘船渡河之后,想着蛇总不会再跟过来了,但一回头,还是看到那条蛇在距离一行人三四间之外的地方,扭来扭去地蠕动身体跟随而来。

---

①日本长度单位,一间≈1.818米。

蛇会游泳，恐怕是渡水而来的，可它到底是如何穿过那川流不息的河水的呢？

正则的随从想将蛇赶走，停下脚步等着，可蛇也停止了爬行，待在那里不动了。

这么一来，随从便想返回去驱赶它，可一靠近，它就溜进树丛躲了起来。

"此事怪异至极，一定要将这条蛇杀掉。"随从说道。

正则却说："蛇确实是个怪异的东西，但也是被四面八方的乡里供奉为神明的生灵。驱赶也就罢了，如果杀了它，或许会招惹是非。就这样任由它跟着吧。"

他如此告诫随从。于是，蛇便继续跟着他们上路了。

翌日，在即将抵达都城的夜晚，正则半夜里醒来，总觉得胸闷得很。

他发出哼哼唧唧的呻吟声，睁开了眼睛。

一行人投宿在一座小寺庙里，正则在大殿里躺着睡觉。

究竟是为何呢？

正则从寝具里起身一看，从靠近屋檐的高高的窗子里照进了月光，四下里笼罩着青蓝色的光芒，朦胧一片。

之后，正则察觉到了，有两个闪着绿光的小点浮在窗户下的墙壁上。

那是什么？

两个绿点似乎总是隔着一样的距离，幽幽地摇曳着。初看上去有些像萤火虫，但事实并非如此。

如果是萤火虫，光芒应该忽闪忽灭，那绿点却一直亮着。而且光点与光点间始终保持相同的距离，萤火虫的光芒则会飘忽不定。

啾……啾……

传来了轻微的呼气声。那里应该放着衣箱。

这样想着,正则站起身,一步一步走了过去。

就在这时,正则忽然停下了脚步,因为他看清了发着绿光的东西究竟是什么。

那是一条蛇。

蛇盘曲在衣箱的盖子上,沐浴在月光中,嘶嘶地吐着红信子,注视着正则。

"哇!"

正则吓得头发倒立,大叫一声。

二

梅雨季节已经结束了。

强烈的阳光倾洒在庭院里。即使什么都不做,光是坐在屋檐下的阴凉处,后背也会渗出汗来。

"夏天来了啊,晴明。"

说话的人是博雅。

博雅坐在外廊上,喝着酒。在他面前的晴明自然也喝着酒。

一出梅雨季节,齐鸣的蝉声就从头顶上倾泻而下。

用杯盏接住这声音,与酒一同咽下,蝉似乎也在腹中鸣叫起来。

博雅手举杯盏,抬头望着碧空,似乎是在虚空之中寻找从天而降的蝉声。

"怎么了,你在空中寻找什么呢,博雅?"晴明说。

"寻找什么?"

博雅将视线从空中收回，看着晴明。

"是迦陵频伽或飞天在空中飞舞？"

"不，晴明啊，我可不是在找这些。"

"那你是在找什么呢？"

"是找云啊，云……"

"云？"

"是啊。我在寻找云在何方……"

"哦？"

"天空这样蔚蓝，我想着不知在哪里能看到一朵云彩，就自然而然地抬头看天了。天气酷热，来一阵骤雨也好啊。"

"要不，我让天下场雨吧，博雅。"

晴明带着事不关己的表情说。

晴明的额头上没有渗出一点汗水。博雅看不出他到底有没有感受到夏日的灼热。

"你办得到这种事?!"

"办不到。"晴明直截了当地说，"毕竟自由地操纵天地之气可不是容易的事。"

"什么嘛，吓我一跳。我还以为你连这样的事都能办到呢。"

"阴阳之法是知晓天地由何种咒形成的法术，可不能改变天地。不仅是天地，人也是如此。"

"人也一样吗？"

"阴阳之法或咒，都不是硬生生地改变人的法术。比如，阴阳之法要作用到天地之气，或者人与生俱来的东西上，随后人才能随着自然规律行动——就是这样。"

"什么……"

博雅不明所以地看着晴明。

"简单点说吧。"

"等、等等,晴明……"

博雅的话刚说到一半,晴明的声音便盖了过去:"譬如向人施咒,命令他在空中腾飞,他也不会飞起来。"

"就是这样嘛。"

"这是因为人生下来就不会飞,所以在人的自然世界中,并不存在飞翔这回事。"

"对。"

"可是向人施咒,命令他偷盗,他就会去偷盗。"

"嗯嗯。"

"这是因为偷盗东西的做法,本就是人与生俱来的。"

"唔……"

"总之,我命令天下雨是办不到的,可要祈祷天下雨却可以。"

"祈、祈祷天下雨,就是指求雨吗?"

"就是这么一回事吧。"

晴明刚说完,蜜虫从繁茂的草丛里走了出来,禀告道:"有客人来访。"

"是谁?"晴明问。

"是伴正则大人。"蜜虫说。

"说起伴正则大人,他好像是担任信浓守的职务,此刻应当不在都内——"

"他恰好是今年任职期结束,现在回到了都城。"

"哦,是吗?已经过了四年啊。"

国司的任期为四年。看来是任期已满,伴正则回到都城了。

"许久未见伴正则大人了啊。"博雅说。

正则是博雅的管弦之友,是一位吹笙的高手,在都城时曾多次与博雅合奏。

这时,正则踏着鸭跖草来了。

"许久不见了,博雅大人、晴明大人。"

正则站在那里,低下头去。

他应该已年过半百,昔日在都城时的满头青丝,已经掺杂了些许白发。

寒暄片刻后,正则说:"其实我是有事相询,刚回到都城,还没进家门,就前来叨扰了。"

"是发生了什么事情?"

"是的。"正则点点头,手足无措地说,"我被奇怪的蛇缠上了。"

三

外廊上坐着三人。

晴明、博雅以及正则正在饮酒。

虽说是饮酒,三人都只在一开始像润润嗓子似的,抿了一小口,之后一直将杯盏放在食案上。

"就是这么一回事。"正则如实说完后,低下了头。

"原来如此,是蛇啊……"晴明自语。

"那蛇现在在哪儿呢?"博雅问。

"刚才为了让随从们避暑,命令他们在贵府的大门口休息。我往这儿走的时候,蛇在对面距离我四间左右的墙垣下的阴凉处翘首窥视,估计现在还在那儿。"

"总之，我们先去看看那条蛇吧。"

说着，晴明站了起来。

三人来到门口，正则的随从避开阳光，在那里随意地休息。

"蛇在哪儿？"正则问。

"在那儿——"

站在衣箱边的男子指向对面。

晴明与博雅向那边看去，在墙垣下的阴凉处有一条八尺长的青蛇，正竖着镰刀形的脖子，注视着这边。

"我看看。"

晴明一步一步地向蛇靠近，蛇仿佛受到惊吓，瞬间跳了起来，垂下抬起的头，以惊人的速度往另一边爬去。

"这样我可就无能为力了。"晴明微笑着说。

"是被晴明大人的威风所慑，逃走了吧。如果那条蛇不再出来，我就放心了。"正则说。

"不，那东西若不妥当安置，不知什么时候还会出现。蛇出现必定有原因。致力于追溯原因，远比恫吓更有效果。"

"可是，该怎么做呢？"

"来问问那蛇自己吧。"

"这样的事办得到吗？"

"去试一试吧。"

晴明走到在门口休息的随从跟前，问："你们之中，是谁最早发现了蛇？"

"是奴婢。"一位婢女神色不安地说道，"奴婢什么都不知道。只是无意间一回头，发现那里有条蛇……"

"不必有任何担心。仅仅有一点小事，要请你帮忙，"

说着，晴明走到刚才蛇所在的地方，弯下腰伸出右手，用食指与拇指捏起地上一小撮土。

"那么，我们去吧。"

"去、去哪里？"

"去我的家宅。"

晴明说着，走在众人前头，先进了门。

四

博雅和正则坐在外廊上，眺望着庭院。

晴明站在庭院里。他跟前是刚才那个婢女，她面带不安的神色，坐在地上。

"不必害怕。马上就好，请你先合上双眼。"

按晴明所说，女子闭上了眼睛。晴明伸出右手，将手指抵在女子额头上，手指上沾着方才从蛇所在的地方捏起的土。

"方法有许多，但这应该是最快的。"

晴明将左手手指放在女子头上，口中小声念咒。

"若听见吾呼唤，则速速出来，现于此女身上……"

晴明这样念诵之后，放开了左手。

女子的身躯猛地一震，忽然睁开了眼。

那双眼睛已经不是人眼了，那绿色的圆目分明是蛇的眼睛。

她张口嘶嘶地呼着气，呼气时露出的舌头是黑色的，前端裂成了两瓣。

"晴、晴明，这、这是……"

博雅提高了声音。可晴明面色镇定，用自如的声音说着"无须担心"，看向女子。

"你究竟为什么跟随正则大人？"晴明问。

"不是，我没有跟在正则身后。"

女子用与刚才不同的沙哑嗓音说着。

"那你是跟在谁身后？"

"我的仇人。"

"仇人？"

"对，我重新投胎三次，总算找到了我的仇人。"

"什么仇人？"晴明问。

"呜、呜呜呜呜呜呜……"

女子的蛇眼里流出了泪水。

"我从前曾是人。三世之前，我是住在西京破屋里的女子，本来出身不错，可后来家道中落，我与一个婢女一同住到了那里。也有个一直交好的男子。他说我与他情投意合，便夜夜来访。我对这男子用情之深无以言表……"

女子的声音变得低沉，似乎是在抽泣。

"可他竟然有了别的女人，开始去那个女人家里……"

女子微微地左右摇头。

"我恨啊，我恨之入骨，连呼吸都变得疼痛起来。于是我化为生灵，去看了他与那女人苟合的场面。那竟然比我们俩相处时还要缠绵悱恻，这让我更加痛恨。最终我依附在那女人身上，把她活活折磨死了……"

女子的声音越来越小，甚至让人难以听到。

"可是那女人死了，他也没有回到我身边。最后，我在痛苦煎熬中死去……"

"竟然……"发出这感叹声的是博雅。

"我本想化为鬼魂去往他身边，可当时疾病流行，他也死了，不知转生到了哪里。"

女子流出的泪水成了血泪。

"我再次投胎转世，成了一只狗。变成狗以后，我去找寻那个男子的转世之身，可是没能遇上他。接着又转一世，我成了在土里爬行的蚯蚓，又去找他，然而还是没有下落。这下，我终于在信浓国投胎成蛇，有了这副身体。然后去找那男子，终于让我找到了……"

"他是我随从中的某一位吗？"正则问道。

"不，不是。他的确混在你的随从中，可并非是人。"

"不是人？！"

"是老鼠。"

"老鼠？！"

"是啊，我知道那家伙转世成了老鼠，被我追赶着，逃到了衣箱里头。"

"于是……"晴明催促道。

"我想一口气吞了它，可我办不到。"

"为什么？"

"那箱里某件衣服的衣领里，缝进了一段誊写着《法华经》的纸，所以我进不去，就这样伺机跟在他身后，最后尾随着众人一直来到了都城。"

"啊……"博雅又发出一声叹息。

"你是无比眷恋着他吧？"博雅的眼里渗出了泪水。

"我已经不知道了。"女子说。

"是喜欢过他吗？时至今日，我都不明白自己是否在憎恨着他了。那情绪犹如腹中坚硬而苦涩的瘤子，已经凝结成块。这是恨意，还是怒气，抑或是爱意，我已无从得知……"

女子缓缓起身。

"可是，真值得庆幸……"

她摇摇晃晃地朝大门方向走去。

"喂、喂，晴明……"博雅喊道，"这样好吗？"

"我也不知道。"晴明说。

晴明跟着女子，博雅与正则尾随其后。

走到门口，众人停下脚步，站在衣箱前。

"我是蛇身的时候没法办到，可现在是人身，就能办到了。"

女子将手搭在箱盖上。

晴明也立即伸出手去，按住了箱盖。

"求您了，请让我打开这盖子。"女子恳求道。

晴明没有说话，只是沉默着按住箱盖。

"求您了。就算现在不行，我今后还会做同样的事。就算今生无能为力，来世也会重蹈覆辙。晴明大人，您在来世、下一个来世都会一直这样阻止我吗？在将来也会永远地阻止我吗？"

"……"

"还是说您要施咒，硬生生地化解我的心？"

"……"

"悉听尊便。如果要在这里收服我、消灭我，您一定办得到吧。那就请便吧……"

但是晴明并没有行动。

不久，晴明苦涩地吐了口气，盯着女子，然后将手拿开了。

女子打开了箱盖,将里面的衣物一件一件地扔了出来。

"在这里呢。"

女子脸上露出欢喜的神情。

就在箱子底部,蹲着一只黑色的大老鼠,身体瑟瑟发抖。

忽然,女子倒了下去。趁着这个间隙,老鼠从箱子里跳出来,逃到地上。

说时迟那时快,地上猛然蹿出一条蛇,一口叨住了老鼠。

吱——

老鼠悲鸣了一声。

就这样,大蛇叨着老鼠以迅雷不及掩耳之势游走,即刻便离开了这里,消失不见。

"晴、晴明……"博雅跑到晴明身旁。

晴明默然地盯着蛇消失的方向。

"唔……"醒过来的女子呻吟着起了身。

正则啊地叫了一声,跑到女子跟前。

即使如此,晴明还是无言地沉默着。

"晴明……"博雅温柔地将手搭在晴明的肩上。

"这样好吗,博雅……"晴明低声喃喃道。

"自然了。"博雅说,"就算有咒,也不打算触及自然之物,这不是你说的吗?"

"啊……"

"那不也是自然之一吗?"博雅说。

"博雅啊——"晴明看着博雅,低低地说出了这句话:"你可真是个好汉子……"

月之路

一

许久以前有一位文人,名叫都良香。

贞观十七年(875),他晋升为文章博士,写得一手好诗。他也通晓神仙之道,所以名列《本朝神仙传》。

一日,良香来到琵琶湖竹生岛的辩天堂,在此处作了一首诗。上句为:

三千世界眼前尽

但是不知何故没有写出下句。据说那一夜良香入睡后,辩才天现身在他的梦中,作出了下句:

十二因缘心里空

这则逸闻在宫中被大家口口相传。

"不愧是都良香大人啊,连辩才天都被这首诗打动了。"

"等等,辩才天好歹也是神啊。其实他梦见的不是神,是爱好风流的鬼打着神的名号招摇撞骗吧。"

"怎样都好。不管那是神还是鬼,都是因为良香大人的诗文采斐然。"

如此这般,殿上人为此事议论纷纷。

二

船上,几个人正在悠然地饮酒。

夜色中,安倍晴明、源博雅与蝉丸法师泛舟琵琶湖,悠闲地小酌。式神吞天缓缓地摇着橹。

在接近天空正中央的地方,悬着一轮月亮。距离满月尚有一日,那是一轮圆润的青月。

喝到兴致高涨的时候,博雅便开始吹笛,蝉丸弹奏琵琶。

梅雨结束,连日来天空放晴,晴明与博雅时隔许久去拜访居住于逢坂山的蝉丸法师。

既然已经跋涉至此,二人便决定南下大津,泛舟琵琶湖,一边饮酒一边赏月。

傍晚时分,几人备好佳肴美酒,来到湖上。

小舟划出时,月亮已升到天空中。夜色渐浓,月亮升得越来越高,青空一片澄澈。

博雅眺望着湖中映出的月亮,叹息道:

"传闻那李白翁想伸手去捞池中的月影,结果落水身亡。他那想伸手摘下月亮的心情，我也感同身受。"

说着，博雅将酒送往唇边。

"我虽然看不见这月亮，不过正因为双眼不可见，才觉得映在心间的月亮仿佛愈加庞大了。"

大约是凭着直觉，蝉丸抬起头，用失明的眼睛不偏不倚地对着天上月亮的方向。

柔和的水波缓缓地拍打着船舷。水面如镜子一般，映照着天上的皓月与星辰。一叶扁舟犹如浮游在天地之间。

正要返回岸边之际，不料吹起一阵风。

吞天摇着橹，想让小船靠岸，可风势却越来越强劲。那股自西南而来的风推着船向东北方向漂去。

刚才还如明镜般的湖面上扬起了波浪，随着水流漂走的小船行驶的速度越发快了。

"喂、喂，晴明，没有什么办法应付这风吗？"博雅叫道。

晴明只是若有所思地默默望着天空，似乎在观测空中的迹象。

"喂喂，晴明……"博雅又一次喊他。

"别担心，博雅。"晴明终于开口了，"这风似乎并不会加害我们。"

"什么？！"

"先暂时随风而行也无妨。"

晴明命令吞天停止摇橹，于是船身开始随风飘荡起来。

铮——蝉丸在风中奏响琵琶，这琵琶的声音乘风升上青空。

"博雅，笛子……"

晴明说罢，博雅如同下了决心一般，拿出叶二抵在唇边。

琵琶的弦音与笛声合而为一，被风带去了远方。

三

夜色散去，天色渐渐明亮起来。船漂到了松林环绕的湖岸边。

船靠岸后，三人上了岸，在东方能看见一座小岛的影子。

"那不是竹生岛吗？"

博雅说道。看来船是从大津漂到湖北边了。

这时，传来一个声音。

"我已恭候多时了。"

循声看去，背后的松林里站着一位身着白色水干的老者。

"这里是……"

博雅向他问道。

"是牧野之地。"

老者彬彬有礼地低下头。

"您刚才似乎是说在等我们……"晴明说。

"正是，在梦中有人如此告知我的。"

老者走上前来，说：

"想必几位就是安倍晴明大人、博雅大人和蝉丸大人吧？"

四

"近日，我每夜都做几乎一模一样的梦。"

过了一会儿，老者说道。

吞天留在靠岸的船上。晴明、博雅、蝉丸三人在老者引领下进入松林中。

松林深处，建有一所外形朴素而雅致的神社。

"这是……"博雅问。

"祭祀水神——泣泽女神的神社。"老者回答,"这里虽是个小村子,却是大川、生来川、百濑川三条河的汇流之地,于是在这里祭拜泣泽女神。我就是守护这所神社的神官。"

三人在老者的催促下,进入了建在神社边上的小屋。

在这里,老者开始讲述自己的梦境。

这个月,总有一个女子身着美丽的青色唐衣出现在老人的梦中。她哭泣着,用袖子遮着脸,不时从袖子后面抬起头,用无比哀怨的眼神望着老人。

对于这样的梦境,老者不得不在意。

"这是怎么了?你的眼神为何如此哀伤,为何这样哭泣?"

即便问了她,也没有得到答案。

不知是在第几夜的梦中,他问到:"我可以为你做点什么吗?"

"不,什么都不用。那东西的力量太强大了。"

"你说什么呢?那东西又是指什么?"

"令人恐惧的东西……那东西似乎要封闭所有的道路。啊,还请……还请救救我……"

"该如何救你呢?"

"那几位大人可能会造访此地。"

"那几位大人?"

"大人们能否来此地,全看他们的心情。不过,如果来了……"

"那几位大人会救助你,是吗?"

"他们便是安倍晴明大人、源博雅大人、蝉丸大人。如果这几位大人有心,明日清晨大概会抵达这岸边。"

据老者说,女子说完这番话后便消失了。

"于是我清晨赶到岸边,发现您几位果真到来了。"老者说。

"这么说,昨夜的风……"博雅看着晴明。

"看来是这位梦中的神明吹起那阵风的。"晴明点点头。

"你早就知道这件事了吗,晴明?"

"哪里,我知道那不是自然而起的风,却没料到会有这样的事发生。不过,昨夜刮的风并非带有恶意,所以便决定随风飘荡,任由那风召唤了。"

"总之先待到黄昏,满月升起之际,一切就会明了。昨天一整夜都在吹风,没能睡着。在黄昏到来之前,还请让我们在此处稍作休憩。"

五

到了黄昏时分,晴明、博雅、蝉丸三人与老者一同站在神社前的岸边。

夕阳渐渐沉落下去,月亮将要升起的时分,方才还一片晴朗的空中却突然布满云层。

与其说是云,那更像是从水面上升起的雾气,笼罩在空中。雾霭渐渐转浓,东边方才还能看见的竹生岛已经隐去了身影。

天空中原本残留着几丝夕阳的余晖,四周应该还是明亮的,可现在竟然像入夜一般变得伸手不见五指。

"晴明大人……"蝉丸法师喃喃低语,"我似乎感到了一些诡异的气息。"

"果然,您也察觉到了啊。"晴明说。

"是的。自从目不能视以后,我这方面就开始敏感起来了。"

蝉丸背着琵琶，似乎正在倾听周围的声息。

"这么说来，雾里似乎有股腥气。"博雅说。

"确实……"老者点头。

晴明闻着雾中的气味，抬头望向天空。

"这边走——"

晴明走在众人前头，往前走去。

在琵琶湖岸边，晴明一边张望着右侧的湖面，一边行走。他身后跟着三个人。

再往前走一点，就是百濑川汇入琵琶湖的地方。那里有一片松树林，晴明走进了林中。

而后，他站住了，另外三个人也同样停住脚步。

"看那个。"晴明低声催促。

博雅他们朝那边看去，发现松林的阴暗处有什么东西。

然后，传来了"啪、啪"的声响。

那儿有两个黑影。

凝神一看，其中一个黑影是只像狗一般大的蛤蟆，而另一个影子则是像人一般人的青色巨猿。

那青色巨猿——苍猴右手握着不知是什么树上的小枝条，频频鞭打蛤蟆的后背。

它将那树枝啪地抽在蛤蟆身上，说一声："快给我吐。"然后又啪地打下去，说一句："给我把路遮住。"

苍猴手中的枝条接连不断地打下去。被枝条鞭打一回，蛤蟆就张开大口，从那口中溢出含有瘴气的朦朦胧胧的云雾。

那雾气飘向琵琶湖的水面。

"快给我吐。"

啪——

"给我把路遮住!"

啪——

而后,越来越多的像瘴气般的雾从蛤蟆的口中涌出来。

"就是那个了。"晴明低声说道。

"那是什么啊,晴明?"

"我去问问。"晴明说着,留下三人在原地,径直朝苍猴走去。

"你在做什么?"

晴明问了一句,苍猴这才注意到了这边的动静。

"你是谁?!"

苍猴停止鞭打蛤蟆的动作,看着晴明。

"鄙人安倍晴明。"

"哦,就是都城土御门大路的晴明?你是要妨碍我吗?"

"妨碍你做什么?"

"就是遮住道路,让那家伙无法通过啊。你可别碍手碍脚。"

苍猴张开大口,露出两根白色獠牙,吐出青色的瘴气。晴明微笑着任凭那瘴气笼罩住自己。

"这对我可不管用。"

他轻轻挥了挥右侧的袖子,顷刻之间,瘴气就朝四处散去了。

哈——哈——

苍猴再次吐出瘴气,但都无法触及晴明周身。

不久后,苍猴忿忿地龇牙咧嘴,发出吱吱的声音,噌的一下跳上松树枝头,消失不见了。

"别多管闲事,晴明小儿,这与你有何干系?"

这么一来,刚才一直口吐雾气的蛤蟆随即合上了嘴巴,悄悄地爬走，从岸上进入湖中，像溶入水中一般消失了身影。

"到底发生了什么……"

晴明微笑着返回刚才的地方，说道。

站在神社前的岸边看去，湖上的雾气渐渐淡薄，天空开始放晴。

"啊……"晴明叫了一声。

就在这时，竹生岛上浮起了一轮满月。

这是一轮略带赤色的金色月亮。

刚刚升起的月亮通常呈现这种色彩，不过今夜，这轮月亮显得分外金黄。水面闪闪生辉，那光芒从竹生岛一直绵延到岸边。

铮……

这时，四下里突然响起了什么声音。

铮……

那声响十分深沉，沁人心脾。

"是琵琶吗？"

博雅喃喃道，又看向蝉丸，说："不，不是琵琶声。"

"是啊，不是琵琶。"蝉丸应道。

究竟是什么声音呢？

铮……

这声音回响着，流淌到湖面上，声音的波浪与水面的微波相互抚触，渐渐重合，本来就平静的湖面愈发平和下来。

铮……铮……

声音回响之时，似乎有什么出现在了竹生岛那边。

那东西正从竹生岛朝这边渐渐靠近。

从竹生岛到这一侧岸边的水面上，形成了一条月之路。那东西踏着月光，静悄悄而来。

"是牛车。"发话的是老者。

确实,那像是一架牛车。

仔细一看,发现正在靠近的是由一头黑牛牵着的轿辇。

黑牛与轿辇并没有沉入水中,而是踏着水面上的月之路徐徐而来。坐在轿辇上的人有八条手臂,一手握弓,其余的手在拨动弓弦。

顿时,水面上响起了铮铮的声音。

"辩才天上人……"老者说。

辩才天是祭祀在竹生岛上的神明。

从前,圣武天皇做了一个梦,梦见天照大神降临,吩咐他:"将辩才天供奉于琵琶湖的竹生岛。"于是辩才天便成了供奉在这座岛上的神明。

"那是来自天竺的佛的守护神。"晴明说。

黑牛牵着轿辇靠近了。

这时,从靠近岸边的松枝上传来了"吱吱"的嘶喊,一个身影出现在半空中。

是那只苍猴。

就在苍猴扑向辩才天之际,辩才天用手中的弓打中了它。

"啊!"

苍猴犹如被弹开一般跌落水中。

于是,到方才为止还风平浪静的月之路上,掀起了层层细微的波浪。

响彻四周的弦音停了下来,水面开始摇晃,黑牛与轿辇向下沉去。

原来,苍猴被弓击中时,用牙咬断了弓弦。

就在此时,又响起了那个声音。

铮……

蝉丸不知何时抱起琵琶，开始拨动琴弦，弹出的音色与那弓弦发出的声音别无二致。

再一次，从竹生岛到岸边又形成了一条月之路，牛车得以继续前进。

"多谢……"

人们的背后响起了一句道谢声。

回头一看，从神社方向走来一位穿着青色唐衣的女子。

"我是自古以来被供奉于此的泣泽女神。"

女子在四人面前停下脚步，说道。

"一年一度，在满月升起之时，从竹生岛到这里便会生出一道月之路。辩才天上人从此路渡水而来，我们每年得以相会一次。可那猴子出现了，想加以阻挡。"

"猴子……"博雅疑惑道。

"这只猴子原本住在都城附近的日吉，因有百岁之龄，获得了法力，便开始作恶。它被日吉之神赶出来，到了这里，于是对我有了念想，开始阻止我们相逢。就如您所见，每年这个时候，如果月之路被遮住，我们就无法相见了……"

泣泽女神看着晴明，继续说道：

"我知道您昨夜泛舟琵琶湖，于是借风呼唤您前来。如果招致您的不快，您就此回去了，我们便无法重逢。万分感激您。"

泣泽女神低下了头。

"从前，都良香大人作诗时，上句供于竹生岛，下句供于我所在的神社。以此为契机，我才与辩才天上人相识。"

泣泽女神朝水面走去，黑牛牵着的轿辇已经抵达湖边。

"且慢。"

蝉丸朝着她的背后喊出了声。

泣泽女神停下脚步，回过头来。

"请带上这个。"蝉丸递上琵琶，"请将这琵琶交给辩才天上人。在您归途之际，请用它——"

"感谢您。"

泣泽女神接过蝉丸的琵琶。

"真是感激不尽。"

对众人俯首行礼后，泣泽女神转过身去，在湖边乘上辩才天的轿辇。而后，像融入月光一般，泣泽女神、辩才天及其乘坐的轿辇和黑牛，都消失了踪影。

只是从竹生岛到这里的水面上，依然有一道月之路在闪闪生辉。

就在这时，忽然传来了恸哭声。

"呜呜……"

"呜呜……"

"我是真心喜欢她啊。我明明动了真情……"

是那苍猴的声音。

"呜呜……"

"呜呜……"

那恸哭声回荡在湖面上，久久不散。

六

归途中，自湖泊北部向大津而去，清风宜人。晴明等人几乎不用驾舟，便抵达了大津。

那位从天竺而来的神明——辩才天常被叫作妙音天，以手抱琵琶之态绘于画上。可原本辩才天的形象并非如此。

最初，辩才天是手持弓箭的形象。

至于是从什么时候起变成现在的模样，众说纷纭，并没有定论。

蛤蟆念佛

一

胡枝子随风摇曳，挂着无数红色小花的枝条在风中缓缓摇动着。

晴明的院落里，已经有了秋日的气息。

"真是不可思议的花啊……"

博雅喃喃低语。

在晴明家的外廊上，博雅正在饮酒。

如果在阳光下，还是有几分暑意的，可檐廊下的阴凉处有风吹过，就让人觉得不那么热了。

"你在说什么？"晴明问。

"我是说那胡枝子。"博雅一边往唇边送酒，一边说道。

"胡枝子怎么了？"

博雅将杯中一半的酒含在嘴里，缓缓道来。

"那花一开，总觉得我的心就慌乱起来。"

"是吗……"

"夏日已尽,或者说是夏日将尽……我一看到那花,就不知不觉地想到了这种事。"

"哦?"

"在春日里做过形形色色的打算,心里想着要做这个,要做那个,可还没做到一半,不知不觉夏天就结束了。这件事一直让我觉得惊愕,晴明。"

博雅放下杯盏,感慨良多地望着胡枝子。

"我明白,花并不是为了要告诉人这样的事才开的。可是我看到这花,就忍不住想到了这些。"

"……"

"时节既不是夏日,也不是秋日,胡枝子在这两个季节交替的间隙盛开。虽说夏日已尽,可秋日也没有即刻到来。只是这胡枝子开了又败以后,就是彻彻底底的秋日了。"

"嗯。"

"人的一生不也是如此吗?"博雅将酒杯拿在手中,"等到察觉了,已经过了鼎盛时节。直到此时,我才深深地认清了这个站在盛开的胡枝子前的自己。不是吗,晴明?"

"原来如此……"

"晴明啊,我们就是那胡枝子。"

"我们?"

"是啊。我们的年龄,不正是人一生中的间隙吗?既不是春,也不是夏。说得过分点,既不是秋,也不是冬。正如夏秋之际绽放的花朵一般,这就是我们。"

"是吗。"

"这花可真是不可思议,让我想了这么多事情。晴明,我想说的就是这个。"

博雅终于将酒杯送到唇边,将剩下的酒一饮而尽。

在庭院的花丛中,龙胆与女郎花星星点点地绽放。清风习习吹来,花儿纷纷随风摆动。

博雅放下酒杯,叹了口气。

"这么说来,藤原景之大人是不是该到了?"他像忽然想起来似的问道。

"差不多了。"晴明应答。

这一日,博雅到晴明的宅邸时,晴明说:"有些突然,刚才侍者传话说,藤原景之大人要来。"

"看来是有什么事情想要商谈。我转告大人,今天源博雅大人也在,如果不碍事的话,就请大人移步寒舍。结果对方说这样也无妨。所以你不介意的话,我们一起与他见面怎么样?"

听晴明这么说了,博雅便答道:

"既然那边觉得无妨,我自然也不在意。"

博雅似乎是想起了这件事。

"不过,说起景之大人,最近他让声名鹊起的蛤蟆法师占卜过丢失之物的下落吧。"博雅说。

"嗯,据说他丢了一块从大唐传来的雕龙砚,结果占卜后,发现是掉在了自家的庭院里。"

"我也听说了。他在院子里吟歌时,将雕龙砚放在一旁的石头上,砚台却滑了下去。他本人和下人都没有发现。可是后来想用的时候,却找不着了,他在家中辛辛苦苦寻找了一番,闹得天翻地覆。于是让蛤蟆念佛,竟猜到了雕龙砚落在何处。"

"嗯。"

"真是道行高深的蛤蟆……"

博雅所说的蛤蟆法师，是近来名声大噪，靠蛤蟆念佛来寻找失物的法师。

二

近日在都城，一位叫鸣德的阴阳师因为能操控蛤蟆念佛，一时名声大振。

地点不固定，有时在朱雀大路，有时在东市的市姬神社前，每当人群聚集时，他就开始展示蛤蟆念佛的本事。

这蛤蟆念佛主要用来寻找失物或是寻人，另外谁若有烦心事，鸣德也会告诉人家该如何去做。

如果是因男女之事烦恼，他就会说"不要再和那样的女子交往为宜"，也会小声告知对方让负心男子重新回到身边的咒术。

展示这项绝技，首先要在人声鼎沸的地方，还要有棵大树——如果是市姬神社前，在那里的松树树荫下，就能找到鸣德的身影。

鸣德边上有一个高至腰间的木台，上面坐着一只像狗一般大的蛤蟆。

看到这蛤蟆的大小，人们首先就会吃上一惊。

那可不是造出来的，是活生生的。即使是安安静静待着的时候，它也会时不时地咕噜咕噜转动眼珠子，一看就知道是活物。

这只蛤蟆头戴乌帽子。仅凭这一点，蛤蟆不知为何看上去就像人一般了。因为身躯硕大，乌帽子遮头，不免让人觉得，它莫不是拥有远胜于人类的玄妙力量？

"来吧，这蛤蟆算得可准了。"鸣德说。

"丢失的东西，失去踪迹的人，要找的东西在何处，要找的人在何地，这蛤蟆能立即告知您，同时也能倾听您的烦恼——"

听到他的吆喝声，有人便上去搭话：

"我正在找东西，不过……"

"是什么样的东西呢？"鸣德追问对方。

"我母亲的梳子不见了，能占卜一下丢在哪里了吗？"那人问。

"最后见到这把梳子是在什么时候？"鸣德问。

"就是在某时……"那人如此回答。

"这梳子平时放在哪里呢？"

"就是在某处……"

"如果被偷走就麻烦了，要算准这个可不容易。那么，你家有几个下人？你父亲还在世吗？家东边有什么，北边有什么？梳子丢失时，你可曾外出？"

对于他的问题，寻物者一个个作了详尽的回答。

听完回答，鸣德就会问那蛤蟆。

"蛤蟆大人、蛤蟆大人，就如您听到的，这失物在哪里呢？"

然后，蛤蟆发出几声带有起伏的鸣叫。

卟——卟——

啵、啵。

呱呱呱。

"明白了，这不是《般若心经》吗？蛤蟆大人方才正通过诵经，向观世音菩萨询问失物所在之处呢。"鸣德说道。

而后，真如鸣德所说，那蛤蟆的鸣叫声听上去就像在念诵《般若心经》了。

观自在菩萨

行深般若波罗蜜多时

照见五蕴皆空

度一切苦厄

片刻后,蛤蟆念诵完毕。鸣德便问道:"怎么样,蛤蟆大人,菩萨是如何指示的呢?"

于是,蛤蟆又用低沉的声音叫道:"呱呱呱,卟卟,啵啵。"

鸣德将耳朵凑近,自言自语:"哦?原来如此,是这么一回事,这么一回事啊。观音大士指示说,那把梳子就在他家厨房的——是吗?就在那柜子上呀。"

"那么,你现在马上回去,在刚才蛤蟆大人告知的地方找找看。如果找到了,请你明天来支付费用,明天我还在这里。如果找不到,就不必支付费用了。但如果你找到了,却不将钱送来,可是会立即遭到报应的。好了好了,快快去吧。"

第二天,那个人又来了。

"在那儿呢,在那儿呢。止如蛤蟆大人所说,梳子就在厨房的柜子上面。"

他说着放下谢礼或费用,便回去了。

有时,听了客人的诸多描述后,鸣德也会这样说:

"嗯……这丢失之物看来是找不到了,或是被某个比这位蛤蟆大人更强的神明藏起来了,又或是被魑魅魍魉拿走了。"

但是如果鸣德说了"是在这里","在那里",丢失之物基本都会出现在他说的地方。

待到傍晚,鸣德便啪嗒啪嗒地折叠起蛤蟆坐的台子的木腿,台子就变成了可以抱在手上的板子。

"那么,明天见了。"

说完,鸣德便抱着那木板,不知去了何处。在他身后,那只蛤蟆一蹦一跳地跟着走去。

这件事广为流传,鸣德与蛤蟆所在之地总是围着数不清的人。

三

"原来如此,是黄金制成的菩萨像被盗了?"

开口询问的人是晴明。

"正是。"藤原景之点头应道。

景之发现那尊菩萨像不翼而飞,是在三天前的早上。

每日清晨,景之都会在这菩萨像前念诵《观音经》。这尊像高约二寸半,是黄金打造的小像。

三天前的清晨,他一如既往地在诵经前打开佛堂中的佛龛,却发现观音菩萨像失踪了。

"听说景之大人靠蛤蟆念佛找到了丢失的砚台?"

"是啊,晴明大人,您可真是消息灵通……"

"那么寻找这尊佛像时,您尝试过蛤蟆念佛的方式吗?"

"我立即去问了,结果当然是……"

"如何?"

"不知道下落。"

"不知道?"

"可能是哪里的法力高强的神明或魑魅所为,靠我等的力量实在是无能为力——他是这么告诉我的。"

"唔。"

"如果是神明或魑魅所为，就想请求晴明大人相助，这才来叨扰府上。"景之满脸愁色地说道。

"这让您十分担忧吧。"

博雅一脸担心地说着，然后看向晴明。

"那我们该怎么办呢？"

晴明若有所思地沉默许久，终于开口了。

"那蛤蟆法师现在在何处？"

"他们应该在神泉苑的南门下面。"

"既然这样，景之大人，劳烦您前往蛤蟆法师所在的地方，对他说几句话。"

接着，晴明说出了想让景之向蛤蟆法师传达的内容。

四

一钩弯月挂在空中，淡淡的月光微微照亮了夜幕下的庭院。

草丛中，树梢上，有秋虫在持续不停地鸣叫着。

邯郸，松虫，蟋蟀，铃虫，金钟儿……

似乎仅仅一日，秋意便忽然加深了。站在夜色中，能感到丝丝凉意。

"会来吗，晴明……"

博雅嘴里念叨着。

在藤原景之的庭院里，晴明与博雅正站在主屋的阴影中等待。

"会来的。"晴明说。

"可是，就算你说会来，也要告诉我来的是什么。"

"是啊,来的是什么呢……"

"连你都不知道吗?"

"我不知道,不过已经能预见了。"

"能预见什么?"

"不告诉你。"

"别藏着掖着了,告诉我也无妨嘛。"

"我可没有藏着掖着。"

两个人都放低了声音,如窃窃私语一般。互相交谈时,都是俯在耳边小声说话。

"好啦,晴明。你到底为什么让景之大人说那番话呢?今夜,我们在等着什么,总是和那件事有关系吧?"博雅问道。

啊,鸣德大人,我又有一件事想问您,所以才前来叨扰。

嗯。

我做了一个梦。我家庭院北侧有一个小佛堂,里面供奉着一尊这般大小的释迦牟尼佛像。对,是一尊约四寸高的黄金像。

这释迦牟尼佛像与丢失的观音像是一同做成的,它在我的梦中出现了。

"我感到很不安,可否让我离开这里,安置到合适的寺院?"释迦牟尼佛对我说。

"就和这里的观音像一样,我担心不知何时也会被某物盗走,所以希望你能让我如愿……"

所以,我明天就想去办这件事,但这么做是否真的合适呢,还希望能请您占卜一番。

景之说完以后，鸣德立即让蛤蟆念了佛，对此进行占卜。

"有何不可呢。"

这就是鸣德的回答。

将近傍晚时分，景之来到了晴明的宅邸，将这些告诉晴明。这就是今天发生的事。

"那么，我们走吧。"晴明说。

"去哪里？"

"去景之大人的府上。"

"什么时候？"

"今夜。"

事情的来龙去脉就是这样。今夜，晴明与博雅才身处藤原景之的宅邸。

在对面不远处的松树下，可以看见一个小佛堂。

晴明与博雅在主屋的暗影里看着那座佛堂。

"不过，晴明，那座佛堂是不是有点新，是为了招引什么东西过来而设下的圈套吗？"

博雅一问，晴明似乎是让他别出声，将右手的食指抵在红唇前。

"嘘——"

"怎么了，晴明？"博雅问。

晴明默不作声地指向庭院一角。博雅一看，那里似乎正盘踞着一团黑影。

刚才那里也有这东西？博雅心里正疑惑着，看向那边，不想那黑影竟然动了起来。

"是蛤、蛤蟆，晴明——"博雅不禁出了声。

晴明与博雅在原地盯着那盘踞在地上的影子。不料那黑影——一只巨大的蛤蟆又动了动，它一点一点地移动身子，在微弱的月光下朝佛堂而去。

不久后，蛤蟆来到佛堂前，用两只后腿站立起来，两只前爪放在佛堂的门上，把门打开了。

蛤蟆将头钻进门里，不一会儿，它从门中缩回头，口中叼着一个金光闪闪的小物件。

正是那尊释迦牟尼像。

蛤蟆面朝天空而立，然后活动了两三次头部，不知不觉间，佛像就消失在了它的口中。

接着，蛤蟆又用四只脚爬了起来，朝来时的方向走去。

"追上它，博雅。"

于是，晴明与博雅紧随其后。

五

中途，蛤蟆跳了起来，它一跃而起，蹿上了墙壁，身影马上消失在了墙对面。

晴明与博雅来到门外，四处搜寻蛤蟆，立即发现了它的踪迹。

蛤蟆爬上朱雀大路，向南边去了。

"喂，晴明……"博雅一边追着蛤蟆，一边小声问道。

"怎么了，博雅？"晴明应道。

"你一开始就知道那只蛤蟆会来吗？"

"嗯。蛤蟆或是那位鸣德法师，二者之中必有一个来。"

"就是说……是鸣德法师偷了黄金观音像？"

"是的。"

"那被偷走的释迦佛像呢？"

"那只是个表面金光闪闪的假佛像。为了扮得更逼真，才造了这座佛堂，把佛像放在里面。"

"这不就是鸣德法师命令蛤蟆来偷窃吗？"

"就是这样。"

"你怎么会知道呢？"

"自然知道了。让蛤蟆发出相近的声音，说它念的是《般若心经》，再施以咒语，大家听了就觉得像念佛声了。"

"那丢失的东西呢？"

"对来者细细盘问，但凡头脑灵光的人，大抵都能知道丢失之物在何处。而且就算没说中，对方也没有损失金钱，便不会故意来拆台，所以看起来像是屡屡被法师说中了。法师顺便再详细问清寻物者家中布局等情况，提前摸清哪儿有值钱的家当，再让蛤蟆去偷窃，可不就简单得多了吗？"

"你为什么能知道这些？"

"其实，还有另外的人像景之大人一样，家里重要的东西被偷了。我听过好几个人的诉说。问了各种情况后，发现每个人都在失窃前让鸣德法师的蛤蟆念过佛。后来听闻景之大人的事，我才恍然大悟。"

"原来是这样……"

在二人交谈时，蛤蟆仍在继续南行。

到了罗城门下，蛤蟆总算停下了脚步。

晴明与博雅进入罗城门，发现城下躺了个人。方才的蛤蟆纹丝不动地坐在那人旁边。

晴明蹲下身子察看躺倒在地的人，发现此人的喉咙裂开，流出了大摊的血，已没了气息，显然是已经死了。

这时，从城门上方传来哈哈的笑声。

"这臭法师鸣德，我可算找到你了，要了你的命。"

那声音如此说道，又接着问：

"下面来者何人？"

"土御门大路的晴明。"晴明说。

"嗷嗷嗷……"城门上传来了啼叫声。

"那跟你一起来的就是源博雅？"那声音问道。

"正是。"源博雅说完，那声音说："好啊。可恨啊，可恨啊，断送我良缘的两个人不就在这里吗？"

上方传来的声音似曾相识，那声音继续说道：

"前不久的夏日，你们在牧野可让我出了大洋相。"

"你就是那时的苍猴?!"博雅感到震惊。

一个身影从城门上跳了下来，出现在二人眼前。正是那只苍猴。

晴明和博雅曾与蝉丸法师一同泛舟琵琶湖，被风吹至湖的北岸。在那里，为促成泣泽女神与辩才天的缘分，他们赶走了意欲阻拦的猴子。那时的猴子就是这只苍猴。

"这个臭法师偶然在大津抓了我的蛤蟆，还带到都城，经过多番训练，靠它赚得了宝物。真是个不像话的家伙，就得割断他的喉咙。这蛤蟆还给我吧。"

苍猴看着晴明与博雅说道。

"现在，我也想像杀了这法师一样杀掉你们俩，可晴明你的法力太高，我无法得手。"

苍猴拍着蛤蟆的后背，蛤蟆便从大口里吐出了什么。那是两尊金光闪闪的佛像。

"带上这个赶紧走吧,晴明。今夜就到此为止,如何?"

晴明拾起观音菩萨像,说:"好,那就走吧。"

"走了,博雅。该离开了。"

晴明与博雅一步一步地往后退去。二人出了罗城门外,才转过身,背向苍猴而行。

"以后还会相遇吧……"

晴明说。

"是啊……"

从身后传来了这样的声音。

就这样,晴明将观音像取回来了。

仙桃奇谭

一

月明之夜,一位老者缓缓而行。

空气清冷而澄澈,月光将他的影子映在地上。

老者须发皆白,头发蓬乱地生长,眼眸如野兽一般发出黄色光芒。不过,那眸子倒也让人觉得亲近。

这老者便是芦屋道满。

此地是嵯峨野一带,空气中混杂着秋叶的气息。那不是绿叶的气味,而是在干枯前含着湿气的红叶的味道。

他是否在享受这秋叶的气息呢?

道满的嘴角似乎带着一缕微笑,轻轻上扬。

他穿着褴褛破旧的黑色水干,孤身一人,只是拖着自己的影子向前走着。

秋虫在唧唧鸣叫。

道满这一生都孑然一身,无牵无挂。

对于他而言，孤身一人游走于世间，究竟是觉得可悲，还是觉得自由自在？从他的表情中无法看透内心的想法。

一边走，道满一边看着那月亮。

"真是个让人酒兴高涨的夜晚啊……"他自言自语道。

走出两三步，道满停下了脚步。

"哎呀——"

就像在回应自己的话一般，他嗅到了某种香气。

"是酒吗……"

似乎有酒香传来。这气息混在秋日的树叶气息之中，若有若无，不过闻起来确实是酒的香气。

如同被这股气味吸引，道满又迈出了脚步。

往前走去，酒香时而浓重，时而淡薄。大约是吹着微风的缘故，那香气在大气中忽而浓郁，忽而稀薄。

即使如此，越往前走，那酒香就越发浓郁。

不久，在月色中，隐隐约约看见了一户人家。

四周勉强围了一圈墙垣，不过房屋十分简陋。墙中间有一块地方空了出来，看来那便是门了。

只是用一根竹棒从左边的墙上架到右边的墙上，并没有门扉。

在那看似是入口，却没有门板的地方，放着一口瓮。

瓮高约一尺半。看来酒香是从那瓮中飘散出来的，在夜色中四处弥漫。

道满往里面一瞧，果然，瓮中有酒，恰好装了七分满。

"这可让人难熬啊。"

道满说着弯下了腰，将瓮抱在手上，嘴对着边缘把瓮一斜。喉咙中咕噜咕噜地发出声音，他就这么对着瓮口喝了起来。

就在这时，月光下，似乎有什么东西在闪闪发光。

道满转过身子，将手中的瓮对准那闪光之物的方向。

咣的一声，有什么东西击中了瓮，随即掉到了道满的脚边。道满低头一看，是一支箭。

哗啦一下，他手中的瓮碎了，酒水和瓮的碎片稀里哗啦地散落一地。

"是谁……"

道满黄色的眸子瞪着箭飞来的方向。

"你、你是人吗？"

从屋子那边传来了问话声。

"哈哈哈。"道满笑着小声嘀咕了一句，"你看我是人吗？"

"啊，你说什么？"

下一支箭似乎又搭在了弓上。

"放弃吧。你射不中我的。"

道满的声音里毫无畏怯之意。

"什么……"

自不必说，持弓者的声音更加胆怯了。

"这酒是你的吗？"道满问道。

"是、是啊……"

从屋子的阴影里走出一位男子。他手中依旧拿着弓，拉满了弦。

"放下弓箭。你要是瞄准我放箭，我能躲过去。可你的手在颤抖，要是不小心放出一箭，我要躲就费功夫了。"道满说。

男子总算放下了双手。

"你，你真的是人吧？"

说着，那个人走到了月光底下。借着月光一看，那是个年约四十的男人。

"不、不是老虎吧?"

"你说老虎?"

"是啊。"

"我会是老虎?这日本国就没有老虎,唐土和天竺倒是有。"

听到道满的回答,男子总算相信站在那里的是人了。即便如此,他还是颤颤巍巍地走过来,站到道满面前。

男子的眼睛里满是血丝,瘦小的身躯也微微战栗着。

"你是有什么难处吧?"道满问,随即又说,"这酒既然是你的,就算是请我喝了酒。作为谢礼,你有什么难处,道满我来帮你。"

二

秋天的气息充满林间。

踏着落叶走去,脚下腾升起秋叶与泥土混合的气息。

那虽然是落叶,却不是枯萎落下的叶子,大多数叶子都是在行将枯萎前便离开了枝头。

叶子在飘零之后才枯萎,而那些挂在枝头的枯叶不会飘零,会一直牢牢地留在树梢上。

如果用人体来比喻的话,落下来的叶子还带着体液。

人的脚踩上去,叶子中便会渗出体液,那股气息就在林间飘散开来。

这天连一只猎物也没有找到。

即使不是鹿和野猪也好,以为至少会捕到貉子和山鸡才进山,没想到连猎物的影子都没看到。

明念背上背着箭，左手拿着弓，在森林里走动，时不时地将找到的蘑菇放进腰间的篓子里。

干脆不打猎了，专心捡蘑菇得了。

幸亏家里还有味噌。加上勉勉强强剩下的一点米，用味噌炖蘑菇，吃了多少还能滋补身子。明念这样想着。

能吃上这样的餐食，真足好歹也能恢复一点力气了。

如果有可能，他想捕点野兽或者野鸟，让真足吃一点更滋补的食物，可要是遇不上也没办法。不管箭术如何高明，没有猎物，他也是一筹莫展。

明念摘下缠在枝条上的山通草果实。这东西不错，味道甜甜的，真足一定会喜欢。

要是带了锄头，就能挖山药了，不过等树叶落得再多一点，树林里的视野变得更开阔也不晚。

明念本来是个佛像雕刻师，住在西寺，擅长雕刻如来和菩萨。可是六年前发生饥荒，他救了个因为饥饿倒在门口的女子。

这女子名叫红音。明念给她喝水、喂她喝粥，照料了她大约五天。红音恢复了体力，能走动了。在照料的过程中，他对红音生出了爱慕之情。女方对他也没有厌恶之意。

于是二人有了鱼水之欢，女子便怀上了孩子。

这样便无法继续留在寺里，明念离开寺院，与女子一同生活。

他在嵯峨野的深处搭建起一间小屋，与红音同住。

不久孩子出世了，是个男婴，夫妇二人为他取名真足。

在这之前，明念不曾杀过生，但现在开始宰杀野兽，把肉拿来吃，皮毛拿来卖，以此为生。

除了捕猎野兽，在春夏两季，明念会采摘山中的野菜，秋季则采食树上的果实和地上的菌菇。

在山间行走时看见好木材，就伐倒晒干，冬日里坐在地炉边雕刻木佛像。一个冬天能雕刻出两三尊佛像，然后出售。

有时，也有买了佛像的客人请明念制作刻着佛像的书信盒子。

红音在两年前离世了。明念开始独自一人照顾当时只有四岁的真足。

真足今年六岁，半个月前身体出现了异样。他高烧不退，还伴有手足疼痛。肠胃也不舒服，腹泻不止，吃不进东西。

勉强让他吃点东西，也会吐出来。可以下咽的只有凉水和热水。

真足眼看着消瘦下去，就像骨头上只附了一张皮，实在不像活生生的人。

最后，他几乎连话也说不出了。

手边的药没有一样能见效，问了从前熟识的僧人，也没问出结果。明念去都城取药，回来让孩子喝下，也不见效。

他甚至向神佛祈求，但孩子依旧不见好转。

到了这个地步，明念已经无路可走了。

这段时间一直陪着真足，他连聊以果腹的食物也没有了。

虽然想陪在儿子身旁，可如果自己饿得走不动，儿子同样活不下去。

明念为了找寻粮食，不得不进了山。

但即使没有捉到猎物，现在他也必须回家去了，因为儿子真足已经时日无多。

真足的母亲红音离世时，也是这样的情形。她是在明念进山找寻食物期间死去的。

所以，这次逗留在山里的时候，真足是不是也会死去呢？这个念头让明念惴惴不安。

在寻找猎物时,明念来到了从未踏足过的地方。

森林密不透光,在白日里也显得昏暗。就在明念犹豫着是否该回家之际,在不远处看见了一样东西。

那是一棵树,在阴暗的森林里朦朦胧胧地发着光。

"这究竟是……"

他定睛一看,那是棵樱花树。

粗壮的枝干上绽放着花朵,缀满枝头,犹如在发光一般。

不想在秋天这种时节,竟然也会有樱花开放,而且在明念看来,整棵树都在熠熠生辉。

明念走近那棵树,站在树干旁边。

"这可真是……"

他情不自禁地发出感叹,因为他看见了一样东西。

那便是佛。

从树根到明念头部高度的那一段树身,恰似一尊如来坐像。

树根四处伸展,树干如同瘤子一般隆起——这盘曲的姿态让樱花树看起来就像一尊如来坐像。盘腿端坐的如来双手相叠,放在两只脚的中间,手上似乎在结法界定印。

到底是怎样的因缘,才使这棵树长成了这般的形态?不论是人所为还是自然造化,在观者看来是佛,那便是佛了。明念如此认为。

从这一层面来说,眼前的就是佛。

"多么不可思议啊。"

他抬头看着樱花树,视线又往下落,发现了一样新的东西。

在佛的双手那里——结法界定印的手部有一处凹陷的地方,看起来像是人的手在结印。凹陷处的底部有一道巨大的裂痕,不如说像是一个洞。

明念凑上去嗅了嗅，从洞里升起不知是何物发出的香气。

那味道甜甜的，似乎在哪里闻到过。看来那里面有什么东西，才散发出了这股气味。

是什么呢？明念不安地将手伸进洞里。

要是里面有蛇或蜈蚣之类的毒虫，被它们咬了可怎么办？他一边担忧，一边用手掏了掏，指尖似乎触碰到了什么。

不是毒虫之类的东西，那是一样触感柔软的圆润之物。

明念将那东西握在手中，轻轻地将手收回来。

"这不是桃子吗？"明念自言自语。

说是圆润，那东西其实有点扁，约有一半是红色，另一半则带有紫色纹路。不管怎么看都是个美味的桃子，让人情不自禁地想咬一口，但明念却忍住了这个念头。

理由有两个。

其一，现在正是秋天。桃子生长的季节是夏天到初秋之际。不管怎么说，在这种深秋时节也不会有桃子，而且还是在这样的地方出现——在开着不合时节的繁花的樱花树洞里。

如果不是谁有意为之，为什么这里会有桃子呢？也就是说，这颗桃子莫非是有主人的？这是第二个理由。

不过，桃子现在在明念手里，不管它是谁的，带回去总不会吃亏。只是究竟为什么在这样的地方，会出现如同刚刚采摘下来的鲜桃呢？

带回去给真足尝尝吧。明念生出了这种念头。若是这桃子味道鲜美，真足也许能吃得下。

如此一想，明念便将桃子放进怀里。

这时一阵风吹来，呼呼地摇晃着樱花树的树梢。

风力并没有多么强劲，可是吹拂之下，樱花的花瓣随即开始飘零。

花瓣乘风而去，簌簌地飞向青空之中。

风停了，花瓣还是飘舞着，似乎发出窸窸窣窣的声音。就在明念注视之际，花已经一片不剩地落尽了。

多么奇妙的光景。

秋日里壮丽盛开的樱花自然奇妙，仅仅一阵风，花瓣便全部飘散凋零，也同样不可思议。

难道——

一个念头闪过明念的脑际。

不论是樱花不合时节地开放，还是忽然凋零，原因难道都在自己手中的桃子上？

三

不可思议的事情再次发生了。

明念将桃子带回去，给儿子真足赏玩。

"真好闻啊……"

闻着那香气，此前连话也不能说的真足忽然开口说了一句。

明念将桃子放进自己做的书信盒中，摆在真足的枕头边。

第二天，真足的脸颊眼看着红润起来，等到第三天，他就能喝进粥了，真如奇迹一般。

明念觉得，这都是桃子的功劳。

有怪事发生，则是在第三天的夜晚。

明念躺在真足旁边入睡后，听到了"喂……喂……"的叫声。

他睁开眼睛，仔细倾听。

"喂，明念大人，明念大人……"

声音清晰可闻，是从外面的庭院里传来的。

明念走到外廊上，站在那儿看向庭院。

"喂，明念大人……"一个女子的声音说道。

他望向声音传来的方向，却没有看见有谁站在那里。

"明念大人……"

终于知道声音是从哪里传来的了。

庭院中有个人倒在了地上。至少一开始明念是这么认为的。

不过事实并非如此。那是一个女人，四肢匍匐在地上，犹如一只巨大的螃蟹。

"是谁？"明念问道。

沙沙——

那人向这边爬过来，情形越发显得怪异了。

她靠近这边后，在外廊下停止了爬行。

借着月光一看，地上是个穿着旧唐衣的女人。她保持着匍匐的姿势，抬头望向明念，那分明是一张老妪的脸。

究竟经历了多少年岁，人才会有这样一张脸呢？

脸上的皱纹如此之深，眼睛似乎埋在了皱纹里，不知是否能看见东西。

她犹如螃蟹一般用四肢爬行，似乎是因为腰部过于扭曲，如果不用手使力，就无法活动。

是妖怪吗？！明念想。就算是人，没有一两百年，也难以变成这样的形态。

"你是谁？"

被明念一问，那老婆子——老妪并没有立即回答。

"你来做什么……"明念再次发问。

老妪开口了："明念大人，两天之前，您带走了森林里的某样东西……"

她的声音低沉而沙哑。若不侧耳倾听，只能看到嘴一动一动，几乎听不清那细微而苍老的声音。她口中一颗牙齿都没有。

"请将那样东西还给我。"老妪说道。

"是什么东西？"

"就是樱花树里的桃子。"

"我可不知道什么桃子。"明念开始装糊涂，"我也不知你从哪儿来，到底是谁，请你离开吧。"

明念回绝了她。二人又你一言我一语地重复着刚才的话。不久，老妪晃着长长的白发离去了。

然而，在第二天、第三天，明念一入睡，老妪便不知从何处冒出来，说着"请将桃子还给我"。

"若您不归还桃子，可是会发生骇人之事。"

她说的话令人毛骨悚然。

"骇人之事？"

"您应该知道吧。那位大人会放出老虎来……"

"老虎？"

"您应当知道其中的轻重。"

这样的事连续发生了五天。在第五天的夜晚，也就是昨晚，老妪又现身了。

"啊，那只老虎终于被放出来了。明晚就会来，请您逃走吧，这已经不是我能阻止的事了。放下桃子速速逃走，您或许还能保住一命。"

明念听了，还在继续装糊涂。

"我可不知道你在说什么。"

这是昨夜发生的事。

四

"原来如此……"

道满听完明念一席话后，应了一句。

隔着地炉的火，道满与明念相对而坐，明念身旁睡着他的儿子真足。

现在真足已经不必喝粥了，可以吃些普通的饭食和鱼肉，身上也添了些肉。今天中午，他还能撑着东西站起来了。

"桃子自古以来就是使妖魔退散、恶神远离之物。据说古时候，伊邪那岐被伊邪那美派出的黄泉军追赶，从黄泉国逃出来，经过比良坂逃走时，就是靠投掷桃子阻止了伊邪那美的追兵。这孩子病情不断好转，也极有可能是因为你得到了那颗桃子。"

听了道满的话，明念老实地点点头说："是的。"

"不过，照你说的来看，这颗桃子可不是一般的桃子啊。"

道满盯着明念问道："桃子在哪里？"

明念没有回答。

"行吧。"道满点点头，接着问："不过，你的孩子真足在我看来还是十分虚弱，但应当没有性命之忧，那么，昨晚为什么没有把桃子还给那个女人？"

明念依旧沉默不语。

"为什么？"

道满再次发问，明念终于开口了。

"道满大人，您说的确实是事实，可是……"

"可是什么？"

"是因为那棵樱花树。"

"因为樱花树？"

"我从那棵樱花树中取出桃子后，樱花顷刻间就散尽了。"

"那又怎样？"

"那樱花在秋天也依旧开放，是因为那桃子的灵力吧。桃子被我拿走的一瞬间，花就全部败落了。要是也发生同样的事……"

"将那桃子给了老妪，真足的命就没了。原来你在担心这个啊？"

"正是。"

"这桃子现在在哪儿？"

"……"

"这可是个闻一闻气味，就能立刻使病情好转的桃子。你就没想过让孩子吃下去吗？"

"吃了反而让人惶恐……"

"还没有给真足吃啊？"

"是的。"

"但是，你也没扔了那个桃子？"

"……"

"你以前既然是佛像雕刻师，说明多少也读过书，看过一些经文吧。"

"是的……"

"这样的话，那桃子究竟是怎么回事，其实你也有头绪了吧？"

"……"

"你不说话，就说明多多少少知道了。"

被道满这样逼问，明念还是一声不吭。

"那么，老妪说的放出老虎的意思，你应该也知道。就算你拿着弓箭埋伏在这里，也毫无作用啊。"

"从前，素戋鸣尊击退八岐大蛇时，就是将瓮里盛满酒给大蛇喝，灌醉它后，才成功击退了大蛇。"

"你想效法素戋鸣尊，所以才在那里放了盛酒的瓮？"

"……"

"结果既没有蛇，也没有老虎前来，来的却是我这个不速之客……"道满笑着说。

"白费力气。"道满看着明念，说，"你逃走吧。"

"逃？"

"把桃子留下来，带上真足尽快逃命去。这样也许还能救你一命。"

"……"

"你不愿意？"

"……"

"你不会是打算等这件事平息后，将桃子占为己有，作为扬名的工具吧？"

明念没有作答。

"被我说对了？"

道满探出头，看向明念的脸。

"你既想救真足，又想要这个桃子。所以才进退维谷……"

明念依旧缄默不语。

"我不明白那桃子究竟为什么出现在这座山上，不过，你把桃子藏在了哪里？"

"……"

"如果你只是将桃子放在家里，这样非同一般的桃子，我也能很快发现。而且每天晚上过来的老妪也一样。她不知道桃子在哪里，所以才让你还给她。说吧，桃子到底在哪儿？"

道满说完这番话之后，明念看着他，扑哧一声笑了。

"您也想要这桃子吗？"

"可真敢说啊，你这小子。"

道满也笑了。

"不管怎样，你既然请我喝了酒，我就会帮你一个忙。但为此让我舍命去帮可不行。"

道满话音刚落，从外面传来了沙哑的声音。

"喂、喂，明念大人……"

将睡着的真足留在房间里，道满与明念来到了外廊。明念手握弓箭。

庭院里有一个巨大的螃蟹般的东西，正趴在地上抬着头。那就是匍匐在地上的老妪。她身上裹着破旧的唐衣样式的衣物，眼睛在月光下发着青光。

"老虎放出来了，马上就会来到这里。事已至此，已经无人能阻挡了。还请、请将那桃子……"老妪说道。

"那是蟠桃吗？"道满站在外廊上问道。

老妪抬头看向道满，问："大人您是……"

"我是芦屋道满。这个人请我喝了酒，我就想着帮他做点什么，所以才待在这里。"

"没用的。无论是谁都……"

"我知道，那老虎就是看守蟠桃树鬼门的老虎吧。就算是我也无力应付。"

"您知道这件事？"

"昆仑山西王母的庭院里种着蟠桃树，听过相关传说的人自然了解。"

唐国的古书对此有所记载。西王母是玉皇大帝的妻子，也是西天的女神，居住在昆仑山上，那里有一处名为蟠桃园的果园。园里便种着蟠桃树，树身高耸，树顶冲破天际，盘曲的枝干向四面八方延伸了三千里。

这树九千年结果一次，枝条上结出的果实便是蟠桃。据说，吃了这果实便可以长生不老，与天地同龄。

蟠桃芬芳香甜，花瓣有八重，果实上有紫色纹路，果核则呈淡青色。蟠桃树枝的东北方位是鬼进出的方位，所以东北角便被称为鬼门。

这棵树由服侍西王母的两位神明把守，他们的名字分别叫作神荼与郁垒。两位门神捕捉进出鬼门的小鬼，投喂饲养的老虎。

老妪说的老虎被放出来了，就是指这只老虎。自然，要放出这老虎，是西王母下了命令。

"放心吧，蟠桃的确在这里。只是这明念将它藏起来了。"道满说道。

"是吗？果然是这样。"

"在老虎来这里之前，我有事要问你。为什么这里会有蟠桃树的果实呢？"

"不知还剩多少时间，我还是说说这事吧……"老妪说。

"往昔在这凡间，距今七百年前，在东胜神洲一个叫花果山的地方，有一只妖猴出生了，我们叫它石猴。因缘巧合之下，它去天宫侍奉玉皇大帝，被任命管理西王母的蟠桃园。可是这石猴好动得很，而且妖力甚高，自封了齐天大圣的名号，举止狂妄自大。一天，它随心所欲地摘了这九千年才结一次果的蟠桃，放肆地乱吃一通。而这天恰逢西王母召开蟠桃大会，闹得天宫天翻地覆……"

"唔……"

"我是侍奉西王母的七仙女之一——紫衣仙女。那一天，我们为采摘蟠桃大会所需的桃子去了蟠桃园。石猴这一闹，害得我们七人手中的七个桃子从天宫掉入了人间。我们分头去找寻自己弄丢的桃子，才来到凡间。可另外六个桃子都找到了，唯独我弄丢的桃子找寻不到。于是这七百年来，我便一直在找桃子。"

"七百年？"

"天上一日，地上一年，这么算来，在天宫还不足两年，可在人间已经过去七百年的岁月。在这凡间，我们与人一样，也会增长年岁，所以就苍老成这副模样了。可我又是天人，不论经历几个春秋都无法死去。在找到桃子之前，我也无法重返天宫，只能这样徒然地苍老，在凡间徘徊。"

"原来是这样……"

"前不久，桃子突然出现在凡间，从东方能看见那光亮，我想这便是我的桃子了，于是来到这里。"

"为什么之前一直没有找到？"

"我等下凡在人世间寻找桃子，是在天宫已过了三个多月之后。而在这人世间，岁月已经过了百年有余。来到此地，我才明白，我的桃子恰好掉落在幼小的樱花树的树根旁。下凡之前的近百年间，树干一直在成长，树根也在生长，就如同守护着那桃子一般，自然而然地将它包裹在其中。不知是偶然还是在何种神力的作用下，包裹桃子的树身长成了如来之形。桃子的确在这片土地上，我们是知道的，但桃竟在如来之中，这一点连我们也难以察觉。因此倒是让那桃子避开了恶人与妖魔，实属万幸，可同时也让我无法看见它的所在了。"

"嗯……"

"这桃子要是留在人间，被哪个冒失的人吃了，或许又会出现一个如石猴一般的妖魔。所以，我必须尽快将它带回天宫……"

"确实如此。"

"恳请二位大人，将那桃子交到我手中。"

这位老妪——紫衣仙女说道。

道满看着明念，问："你打算怎么办？"

明念没有回答。

这时，轰的一声，天上传来了风的低吼，那声音愈来愈响亮。

"看样子是来了……"

道满抬头望着天空，乌云开始翻腾，卷起旋涡，渐渐遮住了满天星辰。

明念咬着嘴唇，依旧默默无言。

"你下不了决心，就由我来给你作决定吧。"

道满将右手伸进怀中，取出一个小小的书信盒，盒盖上雕刻着佛像。

明念定睛一看，"啊"地发出了惊叹声。

"这，这是……"

"你这点心思，道满我还是看得透的。桃子无法被天宫的仙人看见，是因为樱花树干形如佛祖。既然如此，将桃子藏进雕刻有佛像的书信盒子里，也就能瞒过她的双眼了。"

道满打开盖子，从书信盒里放出了青色的光芒，十分美丽。

他左手拿着书信盒，右手将里面的桃子取了出来。

这时，黑云遮蔽了月亮，天上风声大作，呼呼作响。

道满蓬乱的头发被风吹得直立起来。照亮他脸庞的并不是月光，而是手中的桃子发出的光芒。

"可真美啊……"

道满一边的嘴角微微上扬。

"你、你打算怎么处置这桃子？"明念问。

"我道满就收下这桃子了。"

"你说什么？！"

"我不是说了要帮你吗。既然桃子在我手上，那老虎要袭击的就是我道满。你没有性命之忧了。"

"你在说什么？！"明念大叫，"这样的话，你会被老虎吃掉，丢了性命！"

听明念一说，道满哈哈大笑。

"在被老虎吃掉之前，我先吃了这桃子便是。"

"啊？！"

"吃了这桃子，我就长生不老了。既不会增长年岁，也不会被任何人杀死，哪怕是西王母的老虎也不例外。"

道满露出黄色的牙齿，脸上浮现出让人恐惧的笑容。

头顶上大风仍在呼啸，让人心悸的巨兽在天空中咆哮。有什么巨大无比的东西，在上空激烈地喧腾着。

云层裂开了。道满知道，从那裂缝里一定会有巨兽从天而降。

他笑了，张开大口，将右手握着的桃子送到嘴边，手却突然停了下来。

哈哈哈……道满又笑起来。

"我会吃它？"

道满说着，将桃子扔了出去。

桃子飞向庭院，朝紫衣仙女身上落去，她伸手接住了桃子。

"愚蠢，以为我道满真想与天地同龄？"

道满咧嘴一笑。

"要真是不死之身，可就尝不到美酒了。就算听到笛声，也不会觉得动人。生命有限的话，酒才美味啊。知道吗——"

道满望向庭院，那里出现了一位风姿绰约的女子。

那是一位身着紫衣的年轻女子，双手捧着桃子。她便是紫衣仙女了。

天空中覆盖着的黑云一点一点地消散。风停息了，庭院里重新洒下月光。

月光中，那位年轻女子伫立着，注视着外廊上的道满与明念。

"感激不尽……"紫衣仙女说，"多亏道满大人相助，桃子才找回来了。"

"……"

"为答谢您，若需要有人为您斟酒，无论何时都可以朝西天呼喊一句，'紫衣仙女啊，快来陪我喝酒'。"

"行。就这么约定了。"

"不论何时都可以。"

仙女莞尔一笑。

"不过，明念的儿子真足总不会因为没了桃子，就丢掉性命吧？"

"自然不会。"

仙女向二人俯首后，身体轻轻地升到月光中，与缓缓而动的风一同升得越来越高。

就这样，紫衣仙女的身姿升到了月光中，不久便消失不见了。

空荡荡的庭院里，只有月光依旧。

"我得向您道谢啊……"明念说。

"不用道谢，我只是答谢你请我喝酒而已。"道满说。

月光之中，秋虫开始唧唧鸣叫。

安达原

一

冰凉的月光照耀着庭院。

秋霜映着月辉，凝结在万物表面。

已落的枫叶，半枯的女郎花、桔梗、龙胆叶子，以及杂草的草尖都被晶莹的秋霜镶了一道银边，在黑夜中朦朦胧胧地散发着妖冶的光。

比半月稍圆一点的月亮挂在空中，皎洁的月光径直照进夜色的最深处。

"月亮好像在鸣叫……"

源博雅看得出神，喃喃自语。

就如博雅所说，青色的月光犹如绷紧的琴弦一般，仿佛在虚空中回荡出了凛冽的声音。

晴明从方才开始就沉默不语，或许在倾听着那声音。

安倍晴明宅邸的外廊上，晴明与博雅正在饮酒。

灯台里点着灯火，火盆放在身旁，二人似乎在入神地听着月音。

"啊，真想和着这月光吹一曲笛子。"博雅叹息一声，说道。

"愿洗耳恭听，博雅。"晴明说道。

"可以吗？我们是在赏月，笛声会扰了兴致吧……"

"你的笛声怎么会扰了兴致。你如果吹笛，唐国和天竺的神明都会聚在这月光下，欢喜地起舞吧。就算是无形之物也一样，这虚空与月光也一定会现形，与你的笛声一同起舞。"

"晴明，可真是少见，你说的话像诗一般呢。"

博雅从怀里取出叶二，说道。

"呵呵。"晴明微启红唇，浅浅一笑。

博雅将叶二抵在唇上，吹奏起来。

笛声从叶二中流淌而出的那一瞬间，庭院内的景色为之一变。

月光起伏涌动。每一粒秋霜都开始闪烁，为博雅的笛声雀跃、喝彩，和着那音色颤动和共鸣。

"可真是……"晴明情不自禁地发出了感叹。

博雅清亮的笛声回荡在天地间。

月光与笛声仿佛相互嬉戏着，在空中追逐玩耍。在二人周围，从天地之间流露出的某种气息在翩翩飞舞。

如同妖物的鳞片，那笛音烁烁生辉，浮光跃金。

月光也仿佛清脆有声，嘹嘹呖呖。

这时传来了一个声音，是敲门声，紧接着还传来了人的叫喊。

"在不在？在不在……"

"还请将门打开……"

博雅停止吹笛。

噔噔噔，踩在外廊上的脚步声越来越近，蜜虫现身了。

"有人倒在门外了。"蜜虫说。

二

有个人在芒草没过人身的原野上行走。

脚下已经没有路了。刚开始还有细细的小路可走,不知从何时起,连小路也消失了。

是道路走着走着就断了,还是自己迷失了方向?

不管怎样,现在毫无疑问是迷路了。

祐庆停下脚步,抬头望着天空。

阳光已经消失了,仅仅有些朦胧的光亮留在西边的天上。

这里是陆奥国。三天前,祐庆越过了白河关来到这里。

有风吹来,周围的芒草起起伏伏,沙沙作响。东方的天空中,突兀地挂着一轮带有赤色的月亮。

周围的情形倒勉强能看清,可是眼前的一切也终将淹没在黑暗中。不过,若是月亮再升高点,借着月光倒是多少能往前走走。

祐庆再次往前走去。就算在原地不动,情况也不会有所改变。只要往前走,只要迈出脚步,想必就能走到有人家的地方。总之只能往前。

熊野巡礼是祐庆的夙愿,走在这样的路上,他没有任何怨言。

总之,如果不走,就抵达不了任何地方。

就在他这样前行的时候,天色完全暗了下来。即使黑夜已至,仍然能走下去,因为明月已高高升起了。

走着走着,脚步越发沉重。

夜晚寒气逼人,祐庆的呼吸变得急促,身体摇摇晃晃。

身上疲惫异常，就在他发觉有些异样的时候，已经发起烧来。

即使如此，他还是拨开芒草继续前行。似乎在对面看到了灯火，他停住脚步，往后走了几步，又向刚才的方向望去，那儿确实有光亮。从他所在的位置和高度看去，那灯火若隐若现，因为树丛与芒草不时会遮挡住视线。

终于看到了希望，他朝着灯火的方向走去，芒草渐渐消失，前方出现了树丛，一间屋子坐落在树丛深处。

借着月光，祐庆看清了那是间简陋的屋子，虽然破旧，却也能遮风避雨。里边似乎还点着火，透过行将坍塌的墙壁的缝隙能看见那火光。

门口挂着草席，祐庆站在草席外，开口问："有人吗？有人在吗？"

"是谁——"里面传来了应答声，是个女子的声音。

"我是巡礼的行脚僧。迷了路，在夜深难行之时，循着灯火来到了这里。哪怕是房檐下也好，可否让我在此借宿一晚呢？"

即使对方拒绝借宿的请求，祐庆也走不动了。他分明全身发热，身子却瑟瑟发抖，感到一阵阵寒意。

草席掀开了，从里面出来一位女子。

想不到竟然是个年轻姑娘，而且美丽动人。

看着那张脸庞，安下心来的祐庆立刻失去了意识，昏倒在地。

等到恢复意识，祐庆发现自己正躺在草垫上，身上盖着草席。身旁的地炉正旺，悬挂在火焰上方的锅里热气腾腾。

"您醒了？"

祐庆扭头一看，地炉前坐着一位年轻女子，她正用木勺将锅里的东西盛到木碗里。

"这是——"

祐庆想要起身，却使不出力气。

"请不要勉强。"

女子端着木碗走过来，蹲下身将碗放在地炉边，然后搀着祐庆，扶他坐起来。

"请喝些粥吧。不吃点东西，能痊愈的病也无法康复了。"

她用右手撑着祐庆，左手拿过木碗，端到他嘴边。

祐庆喝了粥。粥的温度恰到好处，一股暖流从口中流向腹部，能感到粥的温热渐渐向全身扩散。

将第二碗粥喝下去后，祐庆便睡着了。

次日清晨醒来，祐庆已经能靠自己的力气起身，等到第三日，他便能独自站立起来了。

这几日，祐庆一直由女子照料着。

"在这么破败的屋子里，就我一个女人，实在是照顾不周。但看来您似乎已经恢复了，真是万幸。"女子说。

祐庆现在不必让人搀扶，正自己坐在地炉旁边。

仔细一看，在这样的荒野之地，这位孤身居住的姑娘未免太年轻貌美了。言辞举止也绝非粗鄙之人，倒像是居于都城、在气派的宅邸里供职的女官，气质不俗。

"万分感谢。亏得您的照顾，我明日才能启程。"

祐庆向她致谢，并俯首行礼。

不过在人烟稀少的山中，这位像女官一般高雅的女子是怎么独自生存下去的呢？

"看起来，您是只身一人居于此地。看您的仪态，实在不像住在这种地方的人，想必是有什么隐情……"

"啊，请别问这样的事。不论是怎样的人都有自己的原因，才住在某个地方，以某样职业为生，我实在无法相告。"女子垂下了眼帘。

那张低垂的脸似乎是因为照顾病人显出了疲惫，或是憔悴虚弱的神色。那憔悴中自有一股风情，十分动人。

"您貌似也能独立行动了，既然如此，还是尽早出发为好。可是，如果今天您就走了，我也会觉得落寞，所以今夜还请在我家休憩，解解乏累。"

女子这样说道，之后又说："对了，我有一事相求。您已经可以走动了，我才告诉您——这里面还有一个房间，请千万不要进入。"

"我是前来叨扰的外人。主人家说不行的事，我哪里会做呢？"

"请万万不要进去。"女人用无比耐人寻味的眼神望着祐庆。

这一夜，熟睡的祐庆身旁，有个柔软的身体轻巧地钻了过来。

祐庆察觉到了，"啊……"地轻轻出了一声。

"请原谅我。"这个家的主人——那位女子紧贴了上来。

"长久以来独自入睡，真是寂寞无比，每日每夜都难以呼吸。与您相遇也是缘分，请让我这样陪在您身边，一直到天明。"

"可是，我是礼佛之人……"

"不求您与我相交，只希望能让我这样留在您身边，直到天明。"

女子紧紧贴近，祐庆也无法再拒绝了。他在出家前与女子有过情缘，明白那肌肤的温热和舒心的感受。

原本只想单纯地睡在一起，可是男人与女人的关系却由不得人。两个人终于还是融为一体。

第二天，祐庆没有启程。

第三天，他也没有动身。

出发的时间日复一日地延迟下去，一晃便过了十天。

这期间,女子却也日复一日地憔悴下去。

"您得快点启程了。"女子说道。

祐庆也是这么打算的,可是总忍不住留恋女子温热的肌肤,便又将日程往后推延。

当晚,与前几日一样,与女子亲热完毕,祐庆便沉沉睡去。

不知睡了多久,醒来后,他听到一种奇异的声响。

咻咻——

好像是磨东西的声音。

这究竟是什么声响?正百思不得其解之际,他忽然察觉到,平时总躺在身边的女子此刻不在了。

她去哪里了呢?祐庆坐了起来。

在黑夜之中,他听到了咻咻的声音。环顾四周,黑暗中有一处灯火在摇曳,是里间的方向。

咻咻——

这样的声音就是从里间传来的。

女子独自一人起身后,点亮了里间的灯,在那儿做什么呢?

祐庆站起来,立在原地,细细听了一会儿那声响。

该怎么办?

不久后,他屏住呼吸,静静地走过去。因为女子告诉他不能看里间的情形,他对此心有愧疚。

祐庆悄悄地迈出脚步,不过仍有些犹豫。

女子说过这个房间的东西不能为外人所见,自己却打算去看。既然已与她许下约定,现在又要打破。做这样的事真的合适吗?

可是,他的脚步却在一点一点地往里间移动。这么做也有担心女子的缘故。

最近，她的脸色憔悴得很。

"怎么了？你看起来疲累得厉害呢。"

面对祐庆的关心，女子也只是回答："您多虑了。因为您恢复了体力，所以才显得我无精打采。"

祐庆也担心女子的身体。最近这两三天，她似乎不是老了两三岁，而是老了十岁有余。

即使是白天，她也坚决不让祐庆看里间的东西。

话说回来，这女子是如何靠一己之力在山中生存的呢？她又为什么独身一人生活呢？

秘密或许就在这个房间里。

说不定，里面还有女子的丈夫在呢。那丈夫或许生了病，所以不愿让外人看见。

他一边想着这些，一边向前走去，想一探究竟，弄清女人的秘密所在。

即使知道不能这样做，他也没有战胜好奇心，

终于，祐庆来到了那个房间前面，向里窥视。

于是，他看到了那一幕光景。那就是女人的秘密。

屋里点着一盏灯。女子坐在灯火旁，勾着背，俯下脸，正在磨刀子。

咻咻——

这是刀子在磨刀石上研磨发出的声响。

每发出一声，女子的肩颈就稍稍往前一探。

向上看去，天花板上悬挂着几具被扒光衣服的尸体。

地上散落着几颗头颅，都皮肉腐烂，脓液四溢，牙齿被拔出，眼珠被剜掉。眼前的一切被灯光照得一清二楚。

女子就在正中间霍霍磨刀。房间里异味冲天。

为什么自己到现在都没注意到这种臭味呢？

祐庆幡然醒悟：原来迄今为止，这个女子都是让旅人留宿家中，然后将其杀害，以啖食人肉为生。这才是她可以独自在山中生存的原因。

祐庆不禁瑟瑟发抖，牙齿咯咯作响。

现在，这女子在磨刀，恐怕是想杀掉正在熟睡的自己，然后吃个一干二净。

女子注意到了祐庆牙齿的响声，抬起了头。

看到那张脸，祐庆"啊"地叫出声来。

女子头发花白，眼中散发着黄色的光，脸上遍是沟壑。之前看起来年轻貌美的女子，竟然是个千年老妪。

老妪瞪着祐庆。

"你竟敢看我这凄惨的面貌。"

她手持刀子，直起身来。

女子口中噌噌长出了黄牙，两只卷曲的角也钻破头上的皮，从白发间长了出来。

"鬼啊！"祐庆大叫一声，转身逃走了。

他飞奔出门外，光着脚跑了起来。

"为什么，为什么啊？"

女子也从后面追来了。

"不是告诉过您不能偷看那个房间吗？告诉您别看，为什么还要窥视，为什么要看……"

"哇——"

祐庆大叫着一路狂奔。杂草和石块割伤了脚，疼痛自脚下传来，可那女子比伤痛更为骇人。

对祐庆而言，不论是疼痛还是死亡，都不如被那女人抓住来得可怕。

三

"于是您逃了，对吗？"晴明问。

"是的。"祐庆回答。

在外廊上，祐庆被蜜虫搀着，才算没有倒下，能坐在那里。

"真是可怕的遭遇啊。"

博雅放下酒杯，喃喃而语。

倒在宅邸门前的祐庆在蜜虫的帮助下，勉强站立起来走到这里，对晴明和博雅述说之前发生的事情。

祐庆身上的衣衫已经破烂不堪，因为一直没有剃发，头发也长长了，脸上胡子拉碴。

他脸颊凹陷，身体消瘦，看上去像个半死的人。

"可算从那个女人手里逃脱了，从陆奥到都城，我拼了命走了一路……"祐庆气息微弱地说，"但即使是在这里，我也一直能听到那女人的声音。"

"为什么看我这凄惨的面貌？"

"你竟然看了……"

"你明明约好不看的……"

"这些声音总是在耳边萦绕。我夜不能眠，只能一边念佛，一路逃到您这儿。可是，她似乎一直追随着我，只能求助法力在她之上的人了。这么想着，便想到了晴明大人您的名字。如果是晴明大人，不知能否帮我解决这件事呢——我抱着一丝侥幸赶到了都城。一路上摸爬滚打，总算到了这里。"

刚到这里，就听到了博雅的笛声。

就像被笛声吸引着，祐庆来到晴明宅邸的门外，倒在了门口。

祐庆双手撑在外廊地板上，支撑着上半身的重量。晴明用悲悯的眼神看着他。

"我明白，我非常明白。只是您自己还不明白。"

晴明用温和的声音说。

"我不明白什么呢？"

"就是这个。"

晴明站起来，走近祐庆，俯下身子。

他将手伸向祐庆身上的衣物下摆，用双手包着什么东西，做出端起来的动作，站起身。

"你看。"

晴明伸出双手，手中拿着的是一个骷髅，有几根头发生长在似乎还覆着一层干枯皮肤的头盖骨上。

"晴、晴明，这是……"博雅问道。

"它一直咬着您的衣服下摆呢。"晴明朝着祐庆说道。

"这是——"

"就是那女子的骷髅吧？"

"那么，我到都城这一路上，一直听到的女子声音是……"

"是这骷髅作祟。"

晴明一边说，一边赤着脚走到降了霜的庭院里，将骷髅放在地上，然后用右手指尖轻柔地抵在那白色的额骨上，小声念咒。

这时，骷髅生出了肉，长出了眼睛，现出口鼻，变成了一个美丽女子的头颅。

"你是……"晴明问道。

"我是昔日侍奉平将门大人的婢女。将门大人谋反时,族人被追杀,我与几个人逃到陆奥,隐遁山中度日。可同行者接二连三地死去了,最终只剩下我一人。一个孤身的女子为了生存,只能靠留宿旅人,杀了他们,夺取他们随身携带的物品和衣衫。可不知不觉,我竟然学会了啖人肉,饮人血……"

泪水不停地从女子的头颅上流下来。

"饮人血可以暂时保持青春,如果不饮,就会衰老。就在我反反复复地饮用人血之际,不知不觉已变成了一个不啖人肉、不饮人血就饥饿难耐的鬼怪。这就是我。"

"也、也就是说,你要将我……"祐庆说。

"不,只有对您是例外。初见时,我整颗心都被您夺走了,照顾您一夜后,就真心喜欢上了您。可是,我想食人血肉的欲望却没有消除,越是眷恋您,就越发想吃人肉,喝人血。"

女子在说话时,牙齿噌噌地伸长了。

"与您朝夕共处的日子里,我时而对您眷恋不已,时而想将您吃进腹中。脑中满是这两种念头在交战,一天比一天让人癫狂。如果这样下去,我一定会吃掉您的,于是想让您早日离开我家。可是,真的到了分别的时刻,我又舍不得让您离去,也无法吃掉您,终于忍不住与您相亲,承受您的柔情……"

"啊,原来是这样,原来是这样啊。"

"如果可能,我真希望您不知道我的本性,就这么离开。可是,我那凄惨的面目最终还是被您看到了。"

"唉……"听到女子的话,祐庆抱住脑袋。

"您是晴明大人吗？"女子问。

"嗯。"晴明应了一声。

"您应该听明白了吧？"

"嗯，全都明白了。"

"那么，我能将这位祐庆大人带走吗？"

"能与不能，这得由你们二位决定。"

"好。"女子应答道。

"您在说什么，晴明大人。您不救我吗？"

"无关救与不救，我已经说了，这都取决于你们二位。您内心的真实想法是什么？"

"内心想法是指……"

"祐庆大人，您说有什么东西从陆奥一直追着您到了这里，可这追着您的东西，不正是您的内心吗？"

"您这是在说什么呢，晴明大人？"

"其实您也爱慕着这位女子吧？您越是想要逃走，本心却越是思念她，不是吗？"

"怎么可能……"

听到祐庆的疑问，博雅说道："喂，晴明，你到底想说什么？"

晴明一脸悲色，看着博雅。

"博雅啊，其实不仅是这女子，连祐庆大人也不是这世间的人。"

"你说什么?!"博雅提高了嗓音。

"您在说什么，晴明大人——"

祐庆站立起来。

"祐庆大人，您在十年前那晚从我家逃出时，被我捉住杀死了，你我二人都是留在那片荒原上的尸骨，一同被月光照耀着。"

女子的头颅说道。

"什么？"

"之后，您多次要从我身边逃走。这回，我没有再去抓您，任由您去了都城，是为了让您见到晴明大人，弄明白我们二人真实的面目。您之所以来到晴明大人的宅邸，是我在背后操纵您，您才……"

"这、这就是说，我……"

祐庆跳到庭院里，张开双手，立在月光中。

月光不仅穿过了他那双手，似乎也将他的身体照透了，照亮了地上的霜。

"啊……啊……"祐庆喊着，"怎么可能，怎么可能——"

他站在庭院里，神色悲伤地望着晴明。

"我是……"

"是鬼魂。"

晴明面带悲哀之色，对祐庆说出了真相。

"这样，你能回去了吗？回到那个地方。"女子的头颅说道。

"啊……啊……"

祐庆的身体开始变得透明，透过他的身子可以看到背后的景物。

"啊，这可真让人……"

"我们走吧。祐庆大人。"

女子的头颅也在月光中慢慢变得模糊。

最终，祐庆深深地叹了口气，消失不见了。

"唉……"

同时，女子那颗头颅也犹如融化在月光中，不见了踪影。

过了一会儿，博雅终于开口了：

"唉,晴明,刚才这里究竟发生了什么?"

"什么都没有……"晴明说,"我们只是看着秋夜的露水一滴一滴地消散。"

"是这样吗?"

"是的。"晴明应道。

女子的头颅和祐庆的身影原本都在院中,可现在那里却空空如也。

二人消失后,唯有愈发清冷的青色月光,徒然地照着那夜幕下的庭院。

低头之女

一

博雅吹着笛子。

这把叶二是朱雀门的鬼魂给的笛子。

博雅一边吹笛一边行走。

他并非走在土地上,而像是踩着更柔软的东西。

不过,这柔软之物却不是泥泞或年糕那种有弹性的东西。从脚下的感觉来看,更像是走在半空中,甚至有种漫步云端的感觉。

如同化成空中的气息,与天空合而为一,像云朵一般飘浮着。

这是梦吗?

若是梦,自己吹的笛音却听上去十分清亮,令人心情舒畅。

不过,好像也听到有人在耳边窃窃私语,似乎是女子的声音。

此刻自己正在深深地酣睡吗?

"博雅大人,博雅大人……"那声音温柔而细微。

"笛子……"那声音说道。

"笛子？"

博雅自己也不敢相信，竟反问了那声音一句。

"请吹笛子。"女子小声私语，"今年，我们最早出生的孩子们说，非听博雅大人吹笛子不可。"

"非听不可？"

"水汽终于盈满，时辰已经到来，可在即将出生之际，孩子们却说不愿在我们的乐声中来到世上。"那声音说。

"我们要在博雅大人的笛声中降临到这世上，让天空中回荡着乐声。"

这么说来，小时候确实听说过这样离奇的事。

"这次，还请博雅大人为我们的孩子……"声音说道。

"可是……"

那个声音又问："博雅大人，昨日您在安倍晴明大人的宅邸吹笛了吗？"

这么一说，博雅回想起来，昨日确实是吹了笛子。

喝酒喝到兴之所至，博雅便取出了叶二吹奏。

"那笛声无意中被我们的孩子听见了。"

另一个声音重复道："在无意中听见了。"

"所以孩子们说，想在博雅大人的笛声中出生。"

另一个声音又说："孩子们就是这样说的。"

"拜托您了，博雅大人。"

"博雅大人。"

"请吹笛子……"

"请吹笛子……"

许多声音重重叠叠，在耳边恳求道。

博雅被什么人拉住了手，同时，身体轻轻地飘浮起来。

等到博雅回过神来，已经在那地方边走边吹奏了。

脚下轻飘飘的，犹如踩在云朵上一般。头顶上方有无数星辰闪烁，明澈的月亮也从云层中现身。

一看，天上的仙人在四周翩跹起舞，还有人在打鼓、吹笙、吹筚篥。

天女们嬉笑着，喜悦地跳着舞。

"谢过大人。"那声音说。

"笛声可真是美妙绝伦。"

"孩子们也如此欣喜——"

"啊，要出生了！"

"出生了！"

"看，这么多。"

"真的啊。"

"真的啊。"

翩然而舞的天仙们一边摆动着羽衣，一边说道。

博雅也为之喜悦，吹出的笛声更加动人。

那笛声仿佛闪耀着金色和银色的光，在天仙之间散发出光芒，烁烁生辉。

博雅这时忽地注意到，有一位并非天仙的女子就坐在眼前，她身着层层叠叠的唐衣，美丽动人。

女子正侧耳倾听博雅的笛声。

"博雅大人。"其中一位天仙说道，"这女子是笛声的谢礼。"

"是谢礼。"

博雅心想，我并不需要什么谢礼，不过此时此刻比起这样说，不如继续吹奏叶二更愉悦。

他接着往下吹奏。

"啊,已经生下了这么多。"天女说。

可是博雅不明白到底是什么出生了,又在哪里出生了,只是继续吹着笛子,这个身着唐衣的女子的头渐渐前倾。

她的头往下垂去。

怎么回事?博雅疑惑不解,不过仍在吹着笛子。

女子的头越来越往下垂,却不见她有多么痛苦,因此博雅便继续沉醉地吹了下去。

二

翌日早晨,博雅比谁醒得都早。

从木窗洒进来的阳光近乎白色,柔和明亮。

"这究竟是……"博雅想。

自己昨夜不是在什么地方吹笛子吗?

本以为睡着了,但不知什么时候有人让自己吹笛子,然而以为是在吹笛子,却不知何时又睡着了,现在正是刚刚醒来之际。

"昨夜的事情是梦吗?"博雅站起身来。

家中的人们似乎都没有醒来,四下里十分安静。

"这样啊,今天是新年第一天。"

博雅想起了这件事。

打开窗户,庭院里一片雪白。他走到外廊上。

"啊,原来是这么回事。"

博雅点点头。

天仙们所说的今年最早出生的孩子,原来是指这场雪。

雪已经停了。

而且,博雅发现,在积雪的庭院里有一株茶花树,枝头只开了一朵赤色的茶花。

茶花上也有积雪,花朵因为雪的重量,像是面朝博雅行谢礼一般,向下低垂。

"啊,昨晚在天上吹叶二的时候,那位身着红色唐衣的女子就是你呀。"

博雅说话时,那赤色的山茶花就如同回应他似的,稍稍点了点头。

雪落后,方显出茶花树的美丽。

这茶花虽然只有一朵,却久久地开放着,在当年第一个风雨之夜凋谢了。

舟

一

鱼丸是个渔夫，在巨椋池西边的岸上建了一座小屋，居住在那里。

他以捕鱼为生，编竹子做渔具，放进几条蚯蚓沉入水里，就能捕到不少鱼。鲤鱼、鲫鱼、颌须鮈、鲢鱼，甚至还有鳗鱼，都能轻轻松松地捕到。如果用渔网来捕，能捕到的鱼就更多了。

自北向南流至此处的鸭川，桂川，从琵琶湖流出的宇治川，以及从南部笠置流经此地的木津川，几条水流汇入此处，在都城南边形成了这个广阔的池子。

用竹条编成簸箕，在河边的水草与芦苇间一捞，就能捞到无数小鱼。不仅是鱼，这里还能捞到田螺、贝类、乌龟和甲鱼。

鱼似乎捕之不尽，取之不竭。夏日里，还能捕到逆流而上的鲇鱼。

鱼丸以在都城的集市上卖这些东西为生，他孤身一人，被人叫作"巨椋鱼丸"。

他的小屋建在池畔的一棵巨柳旁边，还有一条小舟。

鱼丸能乘着小舟自由地在水上来去，灵活自如地捕鱼。

在岸边随处可见的梅子树三三两两地开出白花的时节，一位叫啊哇哇火丸的奇怪老者来拜访鱼丸。

夜里，距离满月还有一些时日，月亮升到了高空。

鱼丸躺在草席上，身上盖着破旧的寝具睡着了。

他栖身的床铺是用河沙堆出一块稍高的地方，在上面铺上草编的席子做成的。

在入睡时，呼吸之间仍然能闻到幽香，那便是梅花的香气。

即使一枝独开，梅花的香气也十分浓郁。如果开了三四分，清晰可辨的芳香便会融入夜色，漫溢开来。

地上的炉子依稀飘来火焰与炉灰的气味，炉里还残留着赤红的炭火，为小屋增添了微微的暖意。

有时从靠近岸边的地方，传来扑哧扑哧的振翅声与划水声，大约是鸭子发出的。或许是狐狸盯上了鸭子，正在靠近。

鱼丸在睡意朦胧中，一边听着夜里的动静，一边迷迷糊糊地想事情。

这份营生到底还能干多久呢？

这个地方，夏天与冬天难挨得很。以前倒是不怎么在意，可最近渐渐地觉得有些难熬了。

自己差不多五十岁了，虽然没清晰地记着年龄，但近几年，冬日的严寒与夏日的酷暑都觉得难耐。

嗅着梅花的香气，鱼丸在睡梦中思考着这些。此时忽然传来一个声音："鱼丸大人……"

鱼丸躺在床上,半睁着眼抬起头。

在黑夜中,能看见炉子里通红的炭火在燃烧。

当他想再次闭上眼睛时,又传来了声音。

"鱼丸大人……"

确实,那个声音正在呼唤自己的名字。可是大家都直接叫鱼丸的名字,从来不曾加过"大人"这个称呼。

总之,他先起了身,掀开门口的草席向外望去,看见月光中站着一个黑衣人。

那人站在开着星星点点的白梅的梅子树旁,眸子里犹如有两团青色的火焰在发光。

"你是谁?"鱼丸问。

那人便俯首行礼,说:"小人是啊哇哇火丸。"

这名字是第一次听到。来者是人,还是妖怪?这种时辰,人会到处走动吗?

"你要做什么?"

"我有一个不情之请,只能在这样的夜间拜访,所以明知失礼,还是前来了。"

啊哇哇火丸缓缓走上前来,停在了鱼丸面前。他将手伸进怀里,拿出了什么。

"请收下这个。"

鱼丸伸出右手,有样东西啪地落在了他手中——是钱。

"这、这是……"

"这是接下来要拜托您干活的谢礼。"

"干活?"

"还请您把船租给我。"

"租船?"

"请您驾船去对岸再回来。我要往船上装东西,想请您运送到对岸。"

鱼丸从来没摸到过这么多钱,只在东市见识过两三次。

"只、只是这样就可以?"

"仅此而已。"

鱼丸听完后,便一口答应下来:"我干。"

二

上了小舟,火丸坐在正中间。鱼丸手握竹竿站在船头。

"出发吧。"火丸说。

"可是,还什么都没有装上啊……"

火丸之前说了有东西要装船,可是船上除了鱼丸与火丸别无他人,也别无他物。

"这样就行了。"火丸说道,"在船出发后再装。"

听了他的解释,鱼丸便将竿子插入水中,把船划了出去。

"好美的月色。"火丸抬头看着夜空,自言自语。

幽暗的水面上倒映着青色的明月。船一动,船头扬起的波浪便晃动着月亮的倒影。

在大约来到池中央的时候,火丸忽然开口了。

"到这里就好,停下船吧。"

鱼丸便停下划船的手。

船停在了池中央。而后火丸站起来,从怀中取出一个用纸卷起来的东西,打开后,呼喊着一个人的名字。

"丹波的光远……"

于是，不知从何处传来了应答声，似乎有谁上来了，小舟摇动了一番。

"是。"

能觉出小舟向下沉了一些，恰好是一个人的分量。

"青墓的片世。"

火丸又叫了一个人的名字。

"是。"

有人回答，小舟晃动一番，吃水线又下沉了一个人的分量。

"日下部的真屃。"火丸叫道。

"是。"回答的是个女子的声音。

小舟又摇动了，吃水线再次下沉了一个人的分量。

"葛笼的川彦。"

"广虫。"

"惟雄。"

火丸每每喊出名字，都有一个声音回答"是"，然后就像有谁上了小船一般，船摇晃一下，随即下沉。

火丸叫到第七个人时，鱼丸说：

"可不能再坐人了。"

小舟的吃水线已经十分勉强了，只要泛起微微的波浪，水似乎就会漫入船内。

"是吗……"火丸小声自语。

"还不够，不过距离日期还有一些时日。今夜就先这样吧。"

听了这话，鱼丸放下心来。

"接下来就去对岸。"

火丸发话了，鱼丸便再次用竿子划水，将小舟划到东岸。

"好了，下船吧。"

火丸说完，小舟摇晃了数次，之后，下沉的小舟如同往常一般浮了上来。

"回去吧。"

火丸说道，于是鱼丸又将船划回原来的岸边。

"干得真不错，鱼丸大人。"

火丸站在岸边说道。

"明晚我还会再来，就拜托了。"

火丸说着从黑夜中消失了。鱼丸手中留下了一枚钱币。

结果第二夜、第三夜，火丸也来了，所做之事都与第一夜相同。

鱼丸得到一枚钱币，载着火丸划了出去，到池中央停下船，火丸从船上站立起来呼唤人名。

虽然什么也看不见，但就像有谁上了船一般，小舟变得沉重。将这些看不见的客人送到对岸后，小舟就变轻了。

这件事一直持续了八天。

三

"原来如此，发生了这种事。"

安倍晴明点点头表示应答。

在晴明宅邸的外廊上，源博雅坐在他身边。

从天色尚明时起，晴明与博雅便坐在那里饮酒。庭院里的梅花已开了大半，四周飘散着梅花的香气。

"是的。"鱼丸站在庭院里，低下头。

他身边站着一个男子，是饲养鱼鹰的千手忠辅。

"鱼丸询问我这件事，可是我想这已经超出了我的能力范围，所以才来拜访晴明大人。"忠辅说着，看向了鱼丸。

忠辅与鱼丸是故交，他过去曾因为黑川主一事得到晴明和博雅的帮助。从此以后，每到夏日，他便将从鸭川捕到的香鱼送到晴明的住处。这便是将鱼丸带到晴明宅邸的原因。

"那么第八夜，就是指昨夜的事吗？"博雅问。

"是的。"

昨夜是第八夜，将不知真身的客人送到对岸后——

"每夜六人，一共八个夜晚，六八四十八。要是有这个数量也就够了。"

火丸这样说着，又给了鱼丸五枚钱币，便离开了。

"我总觉得参与了什么可怕的事，钱是收下了，可是心里总也无法平静，请一定帮我一下。"

"是这样啊。"

晴明的手没有伸向酒杯，显出一副若有所思的样子。

"原来是这样，或许是因为那件事……"

接着，他又喃喃自语。

"那件事是指……"博雅说。

"博雅，今年是什么年？"

"为何问我这个？今年不是寅年吗？"

"是啊，而且是五黄之寅[①]。"

"怎么了，晴明？"

"只是，如果我猜想的是正确的，今夜或许能目睹世人难得一

[①]指这一年逢九星的"五黄土星"和十二支的"寅"。

见的景象。"

"你在说什么?"

"与其解释明白,不如先做准备。"

"准备?"

"为了去看那难得一见的景象而做准备呀。"

"所以那到底是什么啊,晴明?"

"以防万一,还是先不说为妙。"

"什么?"

"怎么样,去不去?"

"去哪里?"

"巨椋池啊。接下来准备妥当了,在日落前就能坐车出发,还完全来得及,博雅——"

"什么啊……"

"怎么样,去不去?"

"唔……"

"走吧。"

"走吧。"

事情就这样决定下来了。

四

梅花树下铺着毛毡。晴明与博雅、千手忠辅以及鱼丸坐在毛毡上饮酒。

为了御寒,两边各放了一个火炉,还收集了附近的浮木,点燃木头来取暖和照明。

四周的梅子树都开了花，浓郁的花香弥漫在身畔。

眼前便是巨椋池。月亮映照在清澈的池水上。

空气愈发清冷澄澈，有时博雅会拿起笛子吹上一曲。现在，那笛声正在四周回荡。

笛声如果落到水上，月光便越发地呈现青蓝色，好似也发出了凛冽的声音。

乐声停止，博雅放下笛子。

"哎，晴明啊。"

"怎么了，博雅？"

"接下来，这里到底会发生什么事呢？"

博雅将双手放在火炉上方，问道。

"只知道卖关子，什么都不说，这可是你的坏毛病，晴明。"

"不，我可没有卖关子。因为今夜的事，你与其从我的口中听说，不如用眼睛去看才是最合适的。"

"不，我可不管。今夜的事，我就是要问到底。毕竟不管怎么说，也不是我一个人的事，另外两位也是这么认为的吧？"

说着，博雅望向忠辅与鱼丸。

"是。"忠辅应道。

"我也是一头雾水。哪怕能知晓晴明大人一丝半缕的想法，就再好不过了。"鱼丸也跟着补充道。

"那我就多少先说一些吧。"

晴明拿起酒杯，饮尽了杯中的酒，再次放下。

"鱼丸大人说过，那火丸确实是叫了人的名字，对吗？"

"是。"博雅答道。

"我对其中一个人名有印象。"

"是吗？"

"火丸大人似乎是呼唤了'丹波的光远'，这位光远大人擅长写和歌，曾经被兼家大人传唤，大约在一年前从丹波到了都城。"

"如此说来，这名字我也有所耳闻。不过……"

"不过什么？"

"那位光远大人去年不是去世了吗？"

"正是如此。去年的秋季风雨交加，还发生了水灾。那时，光远大人说，有些和歌非得在这样的时节写不可，便在夜里去了鸭川。结果水流冲走了脚边的泥土，他便掉入河里，被水冲走了。"

"正是如此。也就是说，光远大人已经……"

"嗯。"晴明看着博雅的脸，微微点头，说，"恐怕并非这世间的人了。"

"竟、竟然……"

"然后就是今夜的事了。"

"今夜？"

"今年是五黄之寅。"

"这又怎么了？"

"是天一神时隔三十六年的迁移之年。"

"什么?!"

"五黄之寅时隔三十六年轮转一次。而且，现在天一神正在东方。先说明一下，今年第一次四方位的迁移是从东往西移动。若是在平时，应该经过啊哇哇十字路口从东往西，可发生大迁移之时，会稍稍偏南。于是，今年的迁移正好经过这巨椋池上方……"

"什、什么?!"

"而且，每天六人，一共八天，共计四十八人——博雅，你怎么看待这数字？"

"我怎么看待……"

博雅说话时，晴明的视线向东方移去。

"似乎是开始了啊，博雅。"晴明说。

博雅、忠辅以及鱼丸的视线也朝那边看过去。

巨椋池的东岸附近，在深不见底的黑暗里，"噗"地点亮了一盏灯火。

"那究竟是什么……"博雅提高了声音。

噗——

噗——

再看那边的时候，点亮的灯火逐渐增多了。那火焰移动了起来，朝着这边，也就是西岸而来。

"正在靠近……"博雅站起身来。

晴明已经站起来了。

"竟有这种事。"

"这是——"

鱼丸和忠辅也站立起来，凝望着那灯火。

巨椋池的水面上方，一盏盏灯火朝着这边静静地、缓缓地靠过来，火焰柔和的颜色倒映在水面上。

那些灯火排成两列，连续不断地移动。

"博雅，这灯火的数量有多少？"晴明问。

一……二……

一盏盏依次数下去，博雅喃喃道："是四十八盏……"

"是吧。"

"是怎么回事呢，晴明？"

随着灯火的靠近，可以看见手持灯火的是像人的东西。

四十八人分成两列，每列二十四人，行走在月光中。不论是谁都左手持灯，右手握着绳子，前后互相牵拉。

其间有男有女。拉的绳子有两条，一条绳上牵着二十四人，一共四十八人。他们一边拉着绳子，一边赤着脚踏水而来。

那绳子由黄、赤、青、黑、白这五色线绳搓成。两条五色绳子后头拉着一辆带有车轮的华丽轿辇。上面坐着一位看起来像个童子的小小的人，或者说是东西。

童子头戴垂着金饰的帽子，坐在轿辇里，缓缓地从巨椋池的水面上向这边靠近。

前面的队伍已经上了岸，依次走过梅子树、柳树。

不久，轿辇也到了面前。

"那是天一神上人……"

晴明像耳语一般小声说。

"就是那个像孩童一般的人？"

"是。"

晴明与博雅交谈之际，那轿辇从眼前经过。轿辇之后跟着的是无数鬼怪。

独脚鱼。

用人手代替翅膀飞舞的鸟。

独眼的大秃头鬼。

身着唐国衣物的狐脸男女。

长了脚的锅。

牛头鬼。

马面鬼。

浑身长毛的怪物。

有鳞的妖物。

身体扭曲的鬼。

爬行鬼。

口吐乱言的鬼。

缄默不语的鬼。

高声大笑、用两只猫足直立而行的人。

面朝后行走的人脸书桌。

来历不明的鬼。

通体乌黑的鬼。

长身鬼。

粗身鬼。

倒立而行的蛤蟆。

有脚的蛇。

无脸鬼。

所有鬼怪都跟在轿辇之后,在月光下行走。

他们穿过梅林,梅花的香气芬芳馥郁。

最后走来的则是火丸,他靠近晴明等人后,忽然开口了:

"这不正是土御门的安倍晴明大人吗?"

说完,火丸冲着晴明低头行礼。

"坐在这里的若是源博雅大人,那方才传到那边的笛音便是您吹奏的吧?"

然后,火丸面向鱼丸,说:

"这次承蒙照顾,多亏了您,天一神上人才得以顺利迁移。"

"您是……"博雅问。

"我是一只老黑犬,一直沉睡在啊哇哇十字路口附近的不动明王石像下面。晴明大人、博雅大人,我已经见过两位无数次了。"

火丸毕恭毕敬地说:

"这次得到天一神上人的交代,我便去寻找能拉轿子渡过巨椋池的人。恰巧去年发大水,四处的河流冲来了人,那些尸体便沉入了巨椋池的水中。我向天一神上人询问,是否可以集合这些人,让他们牵引轿辇。天一神上人许可了,我才求助于鱼丸大人。"

"这人数为何要四十八人?"博雅问道。

"平常向西边迁移时,天一神上人都会前去拜访西方极乐净土的阿弥陀如来,恰好还有四十八人未得往生,便带他们同去那边。天一神上人如此指示。"

"果然是这样啊。"

晴明说完,火丸便低下头去,"那我就此告辞了。"随后便追到了队列末尾。

众人注视了一会儿,那四十八盏灯、天一神、夜行的百鬼都像融入了梅花香气之中,消失不见了。

眼前的一切全部消失于黑暗里,只剩下映照水面的明月与萦绕在身边的梅花香。

"啊,晴明。"这时,博雅开口了。

"怎么了,博雅?"

"那牵引轿辇的为什么有四十八人呢?"

"这是因为天一神迁移时,会去见阿弥陀如来。"

"所以,这是为什么呢?"

"阿弥陀如来曾经发下四十八愿,成就这四十八愿后,才成了如来。仿照四十八愿的数量,天一神上人便将四十八人引往净土了吧。"晴明说。

"原来是这样啊。"博雅恍然大悟。

"感谢晴明大人、博雅大人,这次承蒙二位大人的关照。"鱼丸俯首行礼。

"哪里,我可什么都没有做。不如说,今夜有机会看到这样稀有的景象,才应该向您道谢。"

晴明彬彬有礼地俯首。

抬起头后,他闻着夜色中浮动的梅花香气,说道:

"博雅,笛子——"

"又想听你吹笛子了。现在吹笛,想必还能传到西行途中的天一神上人耳朵里。"

"好。"博雅回答,他从怀中取出叶二,抵在唇上。

美妙绝伦的音色从叶二中流泻而出。

那笛音柔和地融进了梅花香气里。

阴阳师

萤火卷

双子针

一

大地在激烈地晃动。

开始时波动还是缓和的,犹如巨兽在地下缓缓靠近。

倏忽间,强烈的晃动袭来了。大地向左右、前后、上下肆意震荡,梁柱发出吱吱声响,一同摇晃起来。

那时,晴明与博雅正在晴明宅邸的外廊上饮酒。

正值樱花盛开,随风飘零之时。

大地震动,樱花树干随之摇晃,花瓣纷纷落下……此时一阵强风忽然吹来,扬起无数花瓣,一片片地飞舞到碧空中,消失不见了。

"晴明,没事吧?"那巨兽在地下停歇后,博雅说道。

"无碍。"晴明看着博雅,问道,"这是怎么了?"

博雅用眼神示意右手拿着的东西。他左臂抱着柱子,右手正拿着盛有酒的酒杯。

"这、这是为了……"

"在这种时刻还能不洒出酒来,你也很有能耐啊。"晴明笑着说。

确实,博雅手中的杯子里还有大约一半的酒。

博雅连忙把杯子放在外廊上,说:"刚才这是怎么回事啊……"

"是深睡于这地下的地龙,在醒来后的一瞬间活动了一下筋骨吧。"晴明说。

晴明的宅邸倒是无妨,城内却倒塌了不少房屋和塔。

东寺的塔完好无损,而西寺的塔被这样一晃,有一部分坍塌了。

被坍塌的塔与房屋所压,出现了许多死者。

时日匆匆而过,博雅再次出现在晴明那里,是七日之后。

二

博雅到来时,还是在太阳高高升起之前。

晴明与博雅在外廊上相对而坐。

"今日不喝酒。"

既然博雅这样说了,二人之间就没有摆放酒具。

庭院中的樱花已经落尽,新叶满枝,紫藤刚刚盛开。

在明媚的日光中,紫藤香气四溢。

式神蜜虫坐在二人旁边,因为没有酒,脸上露出一点无聊的神色。本来蜜虫的表情与平常没有区别,但或许是因为不用斟酒,才显得落寞。

博雅望着在风中摇曳的樱花树梢。

"无能为力啊……"他看着庭院嘀咕着。

"你在说什么?"晴明问。

"之前的地震啊。山体崩裂,房屋倒塌,好多人死了……"

"确实如此。"

"晴明……"博雅将视线转回晴明身上。

"怎么了？"

"靠你的力量，不能改变什么吗？"

"无法改变……"晴明低声说道，"日转星移，大地晃动……不仅是我，谁都无法改变天地之事。"

"这样啊……"

"即使可以观测方位和星象，占卜吉凶，也不能改变未来、更改时刻。"

"天地就是如此吧。"

"正是。"晴明点点头。

这时，博雅重新端正坐姿，说道："不过，晴明，你听说圣上的事了吧？"

"你是指地震后，圣上心神不宁，次日便因病卧床的事吗？"

"对啊。"

"然后呢？"

"今天来这里就是为了这件事情。其实圣上卧床不起，至今还没有苏醒。"

"什么？"

"叫来僧侣做了各种法事，让药师调配药剂服用后，圣上仍不见好转，反而每况愈下……"

"哦。"

"圣上的体温日渐降低，心脏的跳动也慢慢减弱了。"

"哦？"

"这样下去，据说可能撑不过三日。于是兼家大人叫我商量，说请土御门晴明来怎么样。我也是这么想的,所以才急急忙忙来到你这里,晴明。"

博雅一口气将来意说完。

"这样的话,我们立刻就走吧。"

"有劳你了。"

"我最近也有些在意的事,想要确认一下。"

"是什么事?"

"以后再说。现在还是快去宫内为好。"

"嗯。"

"我们走吧。"

"走吧。"

事情就这样决定下来。

三

"是心包和三焦啊。"

晴明在阴阳寮里说道。

自然,博雅、左大臣、右大臣和摄政藤原兼家也在那里。

就在不久前,晴明刚在紫宸殿为圣上诊察完毕。圣上一直卧床,仰面平躺,闭目不醒。

"啊……"

"嗯。"

"原来如此……"

晴明一边自问自答,一边用手触碰着圣上的身体,不久后说:"诊察先到此为止吧。"

说完，他将手放下，催促在场的人出了紫宸殿，进入阴阳寮。等大家聚齐之后，他说了刚才那番话。

"这心包和三焦是什么？"发问的人是兼家。

"兼家大人，您可知道人体内有几处叫作脏腑的部位？"

"什么？脏腑？"

"正是。"

"不，不知道。"

"五脏五腑，共有十处。"

"那怎么了？"

"首先是肝脏、心脏、脾脏、肺脏、肾脏——这是五脏。"

"嗯。"

"五腑则是胆、胃、小肠、大肠、膀胱。这称为五腑，再加上另外一腑——三焦，便是六腑。"

"嗯……"

"而这五脏之中的心脏上还有心包。"

"唔……"

"但是，这心包和三焦相比其他脏腑，另有奇妙之处。"

"是什么？"

"心包和三焦，人眼无法观之，人手无法触之，无形无相。"

晴明所说的心包和三焦，虽是人体内存在的脏器，但从解剖角度而言却并不存在。

"那么，就是说那些地方有异样吗？"

"圣上的病就在心包和三焦，在于这无形的脏器。"

"这……"

"而心包和三焦无药可治、无咒可施。"

"你说什么？"

"心脏跳动微弱，身体热气尽失，圣上的御体已如同尸骸。照此下去，别说三日，撑不过明日也不足为奇。"

"你是说已经回天乏力了吗，晴明？"

"我可没这么说。"

"那、那就是说还有办法？！"

"值得一试的办法还是有的。"

"什么办法？"

"针。"

"什么？针？"

"是的。"

"怎么用针？针刺的话，针灸师已经试过了，施在圣上身上任何部位都不见效。"

"可不是这种针。"

"那是什么针。"

"双子针。"

"双、双子针是什么？"

"双生儿身上总有奇妙的事情发生。"

"是什么？！"

"一人腹痛，另一人原本无恙，却也会跟着痛起来。"

"嗯。"

"这时如果不给先腹痛的那个人施针，之后无论怎么给另一个人施针，都无法治愈。"

"哦……"

兼家似乎已经不明白晴明到底在说什么了。

"那该怎么办呢？"

"要一根八寸左右的针。"

"好。"

"能否再准备一根长五尺有余的铁锡杖？"

"这些就够了吗？"

"是的。"晴明带着笑意点点头。

四

晴明和博雅正坐在牛车中，沿着朱雀大路向南而行。

"你到底想做什么呢，晴明？"

车子摇摇晃晃，博雅问了好几次。晴明都只是说"跟我来就知道了"，不回答博雅的发问。

"要是放在平时，应该是你的恶习又犯了吧。不过，这次事关圣上的性命啊。"

"所以，你想说什么呢？"

"我是说，你想要干什么，告诉我也无妨嘛。"

"但是就算说了，也不会改变我接下来要做的事。那个男人的命能否救得了，和我说与不说可没什么关系。"

"话虽如此……"

"怎么？"

"告诉我也没关系。看在咱俩情谊的分上，晴明。"博雅说道。

此时，车子正发出哒哒的响声，向南驶去。

"那告诉你点什么吧。"晴明说。

"拜托了。"

"要说咒的事情了哟。"

"什么?!"

"说这个也可以?"

"唔、唔……"

"怎么样?"

"没、没关系。你说吧,晴明。"

"我们脚下广袤的土地被下了咒。"

"啊?!"

"所以我们现在正要去拜访这施咒的地龙,博雅。"

"啊、啊?"

"虽说是地龙,但我要去拜访的只是地龙的臂膀,它身体的一部分,也可能只是一根触须。"

"我不明白。我是真不明白你在说些什么。"

"不明白也无妨。"

"为什么?"

"不管你明白还是不明白,要治疗圣上的疾患,只有这一个办法。"

晴明说话时,牛车嘎的一声停下了。

五

朱雀大路上,前方不远处可以看见罗城门,左边是东寺的塔,而右边的西寺佛塔因为七日前的地震,塔顶坍塌了。

下车后,晴明用右手触摸着地面,闭目吐息,说了一句:"就是这一带吧。"便站了起来。

"拿锡杖。"

晴明说完，一直手持锡杖走在车旁的侍者说了声"请"，奉上了锡杖。

晴明接过后，双手握住锡杖，将它直直地立在了刚才碰过的地面上，然后闭上双眼，开始小声念咒，忽地又睁开眼睛，提起锡杖。

"呼！"

而后，晴明又猛地将它插进地里。锡杖将近一半的部分已经进入地下。

"唔……"

晴明每发力一次，锡杖就向地下更深入一点。最后仅剩顶部三寸左右还露在地表，其余部分已经完全钻进地里了。

"原来是这么一回事啊……"晴明说。

"怎么一回事？"

"这么一回事，就是这么一回事。"

"喂——"

博雅正要发问，晴明却说："好了，博雅，快一点，我们要回大内了。"

"回宫？"

"对。"

晴明已经向牛车走去了。

六

回到宫内，晴明面向紫宸殿，站在正面台阶处最粗的柱子前。

"就是这个了。"

他手抚柱子，从怀中取出八寸长的钉子，放在左手中。

然后，他从侍者那儿接过铁锤，用右手握住，将钉子尖对准柱子齐胸高的位置，用锤子砸了下去。他咚咚地敲了几次，将钉子敲进柱子里，只留下钉子头在外。

"博雅啊，我能做的事情就只有这些，剩下的就是等待了。"

"等待？"

"对。等两三天，就可以知道事态发展了吧。"

晴明说的两三天还没过完，第二天，博雅就赶到了他的宅邸。

"圣上醒来了。"博雅看到晴明，立即喘着气说道，"真是令人诧异啊，今天中午还吃了粥呢。"

"不错不错。"晴明坐在外廊上说。

"晴明啊，告诉我，你到底做了什么？"

博雅还站在一旁，看着晴明问道。

"我给圣上的另一位双生兄弟施了针。"

"另一位双生兄弟？"

"就是都城。"

"都城？！"

"好了，博雅，你坐下吧。蜜虫马上就端酒来了。在这之前，我就告诉你吧……"

"拜托了。"

晴明转向坐在面前的博雅，说："在大唐，自古就将天子的御体比作都城。"

"唔，对。"

哪怕是博雅，也是有这点知识的。

"但是,这不过是个比喻吧?"

博雅不禁提出了这个问题。

"可不止是这样。"

"什么?!"

"里面有咒这种麻烦事在,有趣得很呢。"

"……"

"这么想来,你知道'神灵附着'吧。"

"知道。"

"原本在那里的石头啊、树木啊,要是有人将它们看作神灵,进行想象和祈祷,就真的有神明附在上面了。"

"唔……"

"帝王和都城也是如此。人们认为天子如同都城,这种意念持续百年以上,就会变成事实。"

"是。"

"心包是心脏内的东西,三焦是流淌在人体内的气脉,会使身体产生热量。"

"然后呢?"

"这座都城之内也有龙脉在流淌。"

"唔。"

"始于船冈山的龙脉,在神泉苑这一带现身于地表,再潜入地下,通过朱雀大路,被东寺和西寺的佛塔阻碍。这样,龙脉之气就不会流至都城外,能一直留存于都内。"

"是这么一回事啊。"

"对。此前发生地震,西寺的佛塔坍塌了。如此一来,龙脉就流到城外了。也就是说,帝王的双生子——帝王之气的流动出现了异样。都城的龙脉便是帝王的三焦，所以圣上自然也会身体有恙了。"

"那给紫宸殿的柱子钉钉子，又是为何？"

"紫宸殿是帝王的居所。以人为例，就是人的心脏所在。所以我想，要治疗帝王的心脏，在紫宸殿相应的位置钉钉子，是最合适不过的了。"晴明说道。

"原来是这样啊。"

博雅说话时，蜜虫恰好端着盛酒的杯盏过来了。

"此前匆匆忙忙没喝成的酒，今日再喝如何？"晴明说。

"喝！"博雅简洁地回答。

庭院中，新生的嫩叶在风的吹拂下，发出星星点点的光芒。那酒香渐渐融进了嫩叶的气息中。

仰天中纳言

一

萤火虫在飞舞。

萤火的颜色泛黄又带点绿,这种带着奇妙色彩的光芒正忽闪忽灭,浮在夜色里。犹如迷途者的心一般,看似悠悠地飞向了彼处,接着又飞往了此处。

没有一丝风,夜色中飘散着树木浓郁的香气。

除了树木的香气,还有另外的香味。空气中似乎还弥漫着萤火虫的香气。捉住一只萤火虫凑近鼻子,虽说闻不到什么特殊气味,但飞舞的萤火虫似乎散发着一种独特的气息。

梅雨时节之中,出现了短暂的晴朗——无云的夜空中星光闪闪烁烁。

在这令人心旷神怡的夜里,庭院中的草被傍晚才停歇的雨水打湿了,正散发着光泽。

露草,紫苑,还有含苞未放的抚子,草叶和花瓣的尖上挂着雨珠，一颗一颗都如藏着星星一般。夜空与地面的星光相映成趣。

天地之间，萤火虫在飞舞。

"这可真是无法言说的夜色啊，晴明。"

源博雅一边将酒杯送到唇边，一边说道。他含了一口酒，悠然地品尝着。

这是安倍晴明的宅邸，博雅与晴明正坐在外廊上饮酒。

只有一盏灯台点了灯火。蜜夜正往博雅的空酒杯里倒酒。

天朗气清，从屋檐下仰望天空，北斗星清晰可见。

织女、牵牛、辇道、天津。

庭中的池水倒映着星辰，星空之下有流萤飞舞。

"唉，晴明啊。"

博雅的目光追随着萤火虫，说道。

"怎么了，博雅？"

晴明身上的白色狩衣沾了湿气，显得稍稍重了一些。

"观看那天上的星星，占卜我等的吉凶，究竟是天地间的什么奥妙使然呢？"

"是啊……"听到博雅的话，晴明脸上浮出浅浅的笑意。

"我明白你是想将天地间的奥妙与人间的奥妙相联系，可是星星只是自然而然地存在着。"

"咦？"

"比如说——"晴明看着庭院，"那里有石头。"

"是。"

"长着草，开着花，还有松树。"

"是。"

"然后，露水落在上面，庭院上方还有流萤在飞舞。"

"是的，是的。"

"这些都是自然之物。那儿有石头、草木，有花和流萤，与星星在天上发光是一回事。"

"所以，我想问这些东西怎么了呀？"

"没有怎么了，都是一样的。星星若能占卜人的吉凶，那里的花石草木也可以占卜。"

"你想说什么呢？"

"就是说，占卜物象，不过是拥有生命的人的心灵作用于它。"

"有生命的人？"

"就是心之所为。再讲得明白点，可以说就是咒之所为了。"

"是咒？！"

"是啊。"

"怎么感觉又变得不明所以了，晴明。你要是说起咒，事情就变得更复杂了。"

"并没有变得复杂。"晴明笑笑，"不过,说起那星星的事情……"他的神情变得严肃起来。

"星星的事情？"

"是的。还没告诉你，今晚，藤原忠辅大人将微服前来。"

"藤原忠辅大人就是那位……"

"就是仰天中纳言大人了。"晴明说，"我向大人转达过，今夜你——源博雅大人会来访，但大人说即便如此也无妨。你如果愿意，一同听听怎么样？"

"当然不介意。"

"那就这么定了。"

二

中纳言藤原忠辅年龄将近六十。

年轻的时候,他就喜欢仰望天空,闲来无事总是抬头望天,连有事时,甚至是与人交谈时,也常常注视着天上。这个仰头看天的爱好可谓是不分昼夜。

据说在宫廷值守期间,忠辅曾经不眠不休地一直望着天上,直到天明时分。

藤原忠辅似乎分外喜欢遥望天空。因为总是抬头看天,他便被称为仰天中纳言了。为此,他常常招人嘲笑。

"是天上会掉下来什么吗?"

"是有个漂亮老婆在星星上吗?"

但无论被人说了什么,忠辅也只是笑笑,回答一句"是啊是啊",一直看着天上。

忠辅还只是右中辨[①]时,某个晚上轮到他值夜,他依旧站在外廊上看着夜空。

天清气爽,无数星星在空中闪耀。

这时,住在小一条的左大将[②]济政偶然经过。

见忠辅在望天,济政便问:"天象显示有什么大事发生?"

他在忠辅看天时常常带着嘲讽的口吻搭话。忠辅以前就不甚喜欢这位济政。

"哎呀哎呀,天上出现了一颗犯大将之星,想必是有大事发生

[①] 辨官是律令制下的官名,接受并审理来自下级组织的文书,分为左辨官和右辨官,构成中枢机构。右中辨则是辅佐右辨官的次官。
[②] "左近卫大将"的略称。

的前兆，所以我正在观察。"

忠辅未加深思，便说出了口。

这话招致了左大将济政的不快。但既然戏弄忠辅，问有何大事发生的是自己，他也明白忠辅所说的同样是戏言。

"这下可好……"济政苦笑着离开。

但不久后，济政便得病身亡了。

虽说只是开了几句玩笑，忠辅心里却不好受。

"哎呀呀，昨晚和忠辅说话，竟然被他这样说了。"恐怕济政已经将那晚的事情告诉身边的人了。

济政死后，这件事传得人尽皆知。济政之死是忠辅所致——甚至出现了这种恶意的谣言。之后，就再也没有人在忠辅仰望天空时和他搭话了。

这是五年前的事情了。

而这位忠辅，今夜将会来晴明宅邸拜访。

三

"其实，有件事正在困扰着我。"

来到晴明的宅邸后，忠辅坐在外廊上，这样说道。

他头发已经完全变白，眉宇间满是疲惫之色。

除了随身的童子和驾牛车的童子随行，忠辅并没有带其他人。

随身的童子、驾车的童子以及牛车都在车房，等待忠辅结束交谈。所以这里只有晴明、博雅、忠辅三人，以及式神蜜夜。

忠辅害怕被人撞见才深夜来访，他开口便说："能否救救我？"

"发生什么事了？"晴明问。

"唉，这该从何说起呢？能否清楚地说出困扰我的事情，我都毫无把握。"

接着，忠辅好几次想要开口，却仿佛找不到合适的词句，没法说出声来。

"就算事态复杂难解，我想，最好的办法就是您从头依次叙述事情的经过。"

听晴明说了之后，忠辅总算开了口。

"那我就从一开始发生的事情说起。晴明大人，您可曾听闻与我有关的难堪的谣言？"

"如果您说的是和济政大人有关的事，我有所耳闻。"

"那就好。"

忠辅用袖子拭去额头的汗水，说道："那我就长话短说。说实话，并不是只有那一件事。"

"不止那一件？"

"是的。还有从我口中说出来，就此显灵的事情。"

"这……"

"您二位知道，济政大人去世后，在同一年，藤原正俊大人因为从马上坠落离开了人世。这件事也是如此。翌年，也就是四年前的夏天，朱雀门因落雷而起火，同样也是如此……"

"您是说……"

"无论哪一件都是我夜里望着天空，口中小声自语的事，后来却变成了现实。"

"当真如此？"

"是的。说到正俊大人，自从济政大人的事发生以后，我一直抱有疑惑，心想总不会因为我说句话，就变成现实吧。所以试了一试,如果正俊大人坠马,我就相信这是真的。就这样,我小声把这句话说出了口,结果五天后果然成真了……"

"什么……"

博雅不禁惊呼出声。

"至于朱雀门那件事,在四年前的夏天,连日电闪雷鸣。我不小心失口说了句,'要是明天也雷鸣电掣的,烧了朱雀门可不得了',结果第二天真的一语成谶。"

"还有其他类似的情况吗?"

"有啊。比如明天会天晴,某人会因为某件事误了约定——这些一旦说出口,就变成了现实。这种事屡屡发生。"

"只是说出口的事吗?没有说出口,心中所想却成为了现实,有没有这种情况呢……"

"这倒没有。要是心中所想的事都兑现了,可不好收拾。"

"这是从什么时候开始的呢?"

"不是很明确,我想恐怕是从五年前济政大人那时开始的。"

"那时,忠辅大人身边发生过什么吗?"

"发生过什么,是指……"

"任何小事都可以,比如向神佛祈求了什么,信仰了什么神明之类……"

"这……并没有特别的事。"

倍感迷惑的忠辅似乎想起了什么,说:"如果说做过什么事,就只有那年去了伊势参拜吧。"

"参拜……"

"每隔几年都会去一次,参拜时并没有发生特别的事。"

"唔……"晴明若有所思,"您开始仰望天空,是不是有什么契机呢？"

"这……并没有特别的契机。年少时看天，看空中的行云和星辰，觉得欢喜。时间久了，变得尤其爱看星星，百看不厌。如果可以的话，真想白天睡觉，夜晚整宿整宿地看星星。"

"为何对星星如此着迷呢？"

"唉，没有比为喜欢什么找理由更难的事了。我也不像您一样对制作历法感兴趣，每晚观测天象和星动。正像有的人不厌其烦地喜欢看花一样，我只是喜欢看天。"

"是啊……"

晴明点点头。"真是对不住，似乎打断了您的话，还请继续说下去。"

"七天前有这么一件事。那天的夜空并不像今晚这样，入夜时，天空有些放晴，我好些日子没看星星了，便走到外面。这时，我听到了一个声音。"

"这声音是……"

"嗯，"忠辅点点头，"这个声音逼着我出声说，某人会死。"

四

那个晚上，忠辅站在自家宅院中，像往常一样看着天空。

梅雨季尚未完全过去，天上疏星点点。正看着星星，他听到了一个声音。

"喂……"

那声音十分低沉，从齿缝间挤出嘶嘶的呼气声，似乎就潜藏在某处，散发着不祥的气息。

"你是忠辅吧?"

"这是……"忠辅环视四周,刚才确实听到了打招呼的声音。

"你是看不到我的,找也没有用。"声音说道。

"你是、是谁?"

"是谁都无妨,我有个请求。"

"请求?"

"你向天祈求,就可以杀人,对吧?"

"这、这种事情,我……"

"你是想说自己没有这种本事吗?"

"不、不是……"

"我是知道的。藤原济政和藤原正俊不都是你杀的吗?"

"不、不是这样的。"

"不是这样?"

那声音似乎在嗤笑。

"你还做了很多其他的事情。"

"什么……"

"接下来,就轮到兼家了。"

"你说什么?!"

"藤原兼家会跌倒,撞到头而死。快说!"

兼家便是指那位摄政①。

自然,他是忠辅认识的人,地位更是在忠辅之上。这两个人之间一直以来并没有恩怨,如今竟说让人家去死……

"为什么要做这样的事?"

---

①在日本,当天皇年幼或是女帝时,摄政代为执政。古时从皇族中任命,平安朝以后为藤原氏独占。

165

"你直接说就可以，别问理由。"那声音说。

"你疯了吧……"

"今晚不说也行。那就等下个有星星的夜里，到那个时候再说。"

"我可没有这种力量。"

"你说没有？那你倒是说说看啊。"

"这……"忠辅无言以对。

"你家中有圣上所赐的螺钿书盒吧。"

忠辅的确有那样东西。正如那声音所说，书盒是两年前圣上所赐之物。

"那书盒先由我来保管。你说出那句话，我再还给你。"

"岂有……"

"并没有让你直接杀了兼家，只是让你说句话而已。即使说了以后兼家没死，我也会把书盒还给你。"

"这……"

"明白了吧。"

声音此后便消失了。忠辅回到屋里一看，那书盒确实不见了。

要是圣上说想看看那个书盒的话，该如何是好？

就算圣上不说，书盒丢失一事也可能传到他的耳朵里。果真如此，就大事不妙了，一句"丢了"可不能草草了事。

那么，要按照声音吩咐的去说吗？把"让兼家去死"这句话说出口吗？

要是真想说的话，就是在下一个晴朗之夜了。

说出口之后，兼家也未必会死；即使他死了，也没人知道跟自己有关。不，的确不能肯定他的死就是自己导致的，这种偶然的情况也是存在的。

但那声音的主人会怎么样呢？

即使外人不知道，声音的主人不是也知道自己说出了那句话吗？又不能断定那个人不会将此事告诉别人。

到底该怎么办？

幸运的是接下来一直雨水绵绵，空中没有出现过星辰。

而今天日暮时分，雨停了，天空开始放晴。这样的话，夜里就会有星星出现。

忠辅倍感苦恼，思来想去，能拜托的人只有晴明。

五

"原来如此。"

忠辅将来龙去脉说完，沉默下来，晴明才应了一句。

"听了您的话，我有几个想问的地方。"

"怎么，晴明，是说你已经知道什么了？我还一头雾水呢。"

博雅充满好奇地看着晴明。

"博雅大人，我没说知道了什么，是说有想问的问题。"

"哎呀，晴明，你这么说的时候，就是心里有眉目了，对吧？你知道了什么呢？快告诉我啊。"

"好。"晴明苦笑着说，"要说我此时想问的，就是五年前，忠辅大人是否有什么以往没注意到的事情？"

"你说的'有什么'是……"

"我还不明白，只是在思考是不是有这种可能性。"

"所以说，我想知道这是怎么一回事，晴明。"

这是博雅的发问。不过晴明没有回答，自顾自地继续说下去。

"另一个问题就是,想来那件事与现在的情况都有所关联,那究竟是不是真的由忠辅大人引起的呢?"

"你说的'那件事'是指……"博雅追问。

"是指济政大人和正俊大人离世一事。"

"你是说那是其他人所为吗,晴明?"

"我没有这么说。"

"那是什么意思?"

"博雅大人、忠辅大人,若是我现在回答,就只是戏言,白白耗费了时间。现在着急的是该怎么应对那声音的主人提出的要求。"

"确实是这样。"博雅答道。

"忠辅大人,最近一段时间,兼家大人周遭发生了什么奇怪的事吗?您可有所耳闻?"

"这……"忠辅陷入了沉思,"这么说来,在兼家大人的宅邸内,西侧的观音堂最近改建了,不久前已经将旧堂拆除,现在正在建造新的观音堂。"

"唔……"本来侧头思考的晴明又正了正脑袋,"与其思考这个,还是先允许我拜访忠辅大人的宅邸,看看情况。"

"这倒无妨……"忠辅看着博雅。

"博雅大人,您怎么样呢?"晴明问。

"怎么了,晴明?"

"我是说,博雅大人不一同前往忠辅大人的宅邸吗?"

"嗯……"

"如何?"

"那、那就……"博雅看着晴明。

"走吗,博雅大人?"

"好，我们走吧。"

"走吧。"

"走吧。"

事情就这么决定下来了。

六

晴明平静地呼吸着，伫立在那里望着星空。

这是忠辅的庭院。

晴明穿的不是平时的白色狩衣，他身上披着忠辅不久前穿过的袍子。

出了土御门大路，晴明便换上了忠辅的衣服。

"能否给我几根头发？"

说着，他拔下几根忠辅的头发放在怀中，接着开始施咒。

若是不知情的人看着晴明，就像看到了忠辅。他已经变成了忠辅的模样。

晴明就那样站在原地，过了一段时间。

"喂，忠辅。"

不知从哪里传来了声音。

"怎么了，为什么不说那句话？"

那声音低沉而含糊。听上去像是口齿不清，发音模模糊糊的，不过还是听得清几个词。

"你是下定决心了，才站在这里吧，快说'兼家去死'。"声音的主人催促道。

"话虽如此……"此时，晴明开口了，"说起来，您要有难了。"

"什么难?"

"您将无法动弹。"

"怎么会无法动弹,不可能。"

"要试一试吗?"

"别拖延时间了,快说。"

"那就……"晴明深吸一口气,说,"现在和我说话的这个人将定在原地,不能活动。"

"啊——"黑暗中,那个声音忽然尖叫起来。

"怎么回事,我的身体为什么突然动不了了?这是……忠辅,你做了什么?快让我的身体恢复原状。"那声音说道。

"点上灯。"

晴明提高声音叫道,从屋内陆陆续续地走出手持松明火把的人,其中还有穿着晴明狩衣的忠辅和博雅。

"晴明,你没事吧?"

"晴明大人。"

博雅和忠辅赶到了晴明身旁。

"自然。"晴明的声音带着凉意。

"去那边看看。"他朝手持松明火把的人说,指着对面的松树根。

几个人拿着火把,向松树那边跑过去。

"有了。"

"这里有东西。"

仆人们高声喊道。

晴明、博雅和忠辅走向松明火光聚集的地方。在松树根那儿,蹲着一只眼睛发出绿光的野兽。

"是貉啊。"博雅说。

用松明火把一照，只见那里有一只无法动弹的貉子。

"唔，你是谁？你不是忠辅大人。"

这只貉口中吐出了人语。

"在下是土御门的安倍晴明。"晴明说。

听到这个名字，貉的态度忽然变得温顺起来。

"啊，是吗？您就是那位安倍晴明大人？如果是这样，我等的功力可无法相比。"那只貉说道。

"究竟其中有何原因，你才图谋要兼家大人的命呢？"晴明问。

"我是前不久在兼家大人的观音堂地板下筑窝的貉。"

那声音的主人——貉开口说道。

"不久前，那座观音堂被拆除了。我拼命逃了出来，但是我的丈夫和三个孩子却逃晚了，被人抓住丧了命。"

"你为什么能说人话？"

"我出生在观音堂的地板下，并在那里长大，在观音菩萨的庇佑下才会说人话。"

"原来如此……"

"我想为丈夫和子女报仇，便意欲操纵忠辅大人。但是晴明大人来了，我就不宜出面了。"貉老老实实地说。

"忠辅大人从圣上那里得到的书盒放在哪里了？"

"在宅邸正中间的地板下，我挖开土，把书盒埋在了那里。不过您只需几句话，就能让我无法动弹，不愧是身怀绝技。我虽然有一些妖力，可真不能与您相比。"

"你不能动，是因为你相信忠辅大人的力量。"

"忠辅大人的力量？"

"他能命令星星，让人落马，夺人性命。"

"……"

"正因为你相信这件事,所以'他'一说你不能动,你就动不了了,可真是……"

"不管怎么说,我变成这样就跑不掉,也无法躲藏了。请您随意处置。我只求可以尽早去孩子们和丈夫所在的世界,与他们一同生活。"

"那是之后的事了。"

"嗯?"

"现在,我已经告诉了你不能动的理由。既然知道了理由,你就可以自如地活动了。"

晴明说完,貉噌的一下向后蹦去,足足跳了有六尺高,发出喜悦的叫声。

"真的,竟然能动了。"

"去吧。你总有一天会死的,总会见到你的丈夫和孩子……"

"谢过晴明大人。今后若有事找我,就用通心的竹筒指向地面,说一句'有事速来',我便即刻前来。"

说完,貉就蹦跳着离去,两三下便蹿到了墙上。

"就此别过。"

貉的身影消失在了墙那头。

"这样可好?"晴明对忠辅说。

"自然是好。"

忠辅点头应答时,传来了"找到了"的呼声。仆人右手举着松明火把,左手拿着那个书盒赶来了。

"方才那貉说话时,我便去地板下挖,发现了这个书盒。"

"哦,这个,就是这个书盒。"

忠辅仿佛用右袖包住那螺钿书盒一般,珍重地接了过去。

"那……"

晴明再次开口说道。

"之后就是关于星星的事情了。"

"星星?"

"是啊。其实从五年前开始,某颗星星就不见了,我一直对这件事很在意。"

"是怎么回事呢?"

"忠辅大人能否看一看天?"

被晴明催促着,忠辅抬起头向夜空望去。"是这样看吗?"

"你看得见北斗七星吗?"

"嗯,正好可以看见。"

"北斗七星的形状就像一把勺子,从顶端开始,依次是天枢、天璇、天玑、天权、玉衡、开阳、摇光……"

晴明将七颗星的名字一一念了出来。

"而这开阳是从勺柄开始数第二颗星星,有一颗小星像是附在此星之上。明白吗?"

"是的,明白。"

"这颗星非常渺小,有人能看见,有人看不见。不过像今夜一般晴朗,就可以看见。这颗星并不是任何人都能见着的,所以自古以来又把它当作预知未来的星星,在占卜未来之事时,我们时常用到它。"

"唔。"

"这颗星其实从五年前开始,就不再倒映在水面上了。"

"水面?"

"正好院里有一个池子。池水澄澈如明镜时，就会倒映出北斗开阳。请看，在今天这样的夜晚，本来能看见开阳边上的那颗小星，但今天如何呢？"

听了他的话，忠辅站在池边，频频看向天空和水池，不过却说："看不见。"

"可以看到天上的开阳旁边有颗小星，但是水池里却没有映现。"

"那么，那颗星星现在在哪里呢？"

"要说在哪里……"

"就是这里。"晴明手指的地方，正是忠辅的喉咙。

"这、这里？"

"是的。"

晴明伸出手指靠近忠辅，小声念咒，然后用指尖触碰他的喉咙。

噗——

忠辅的喉咙里突然现出了烁烁星光。

"五年前，你去伊势的时候……"晴明问道，"是不是在那里喝了什么水？"

听了晴明的话，忠辅开始回忆当时的情景。

"啊，那个时候……"他提高了嗓音。

"是喝了，对吧？"

"是的。"忠辅应道。

"到达伊势那天正如今夜一般，星空十分美丽，所以我一整夜都在那儿看着天空，四处漫步。正沿着五十铃川散步时，我感到口渴，而边上正是洗手亭，便用柄勺掬水，喝了一两口润润嗓子。"

"就是那时。"晴明说，"那时，你用柄勺喝了洗手亭水面上映着的星星。那是伊势神域的洗手亭水面上映出的星星，而且你还是用伊势神的柄勺去掬水。这样，星星就被掬起来了。"

"那……"

"当时喝下的星，现在正在忠辅大人的喉头闪烁。"

"什么？"

"这是知晓未来的星，所以忠辅大人才能知道今后的事情。"

"那、那么……"

"并非忠辅大人说出口后，才发生了各种事件，那些不过是本应发生的事，只是由忠辅大人说了出来。"

"这、这就是说……"

"就是说，济政大人和正俊大人并不是因为忠辅大人说出口，才死亡的。"

晴明说完后，忠辅一时语塞。

"该如何是好，这颗星就一直这样卡在我喉咙里吗……不、不，晴明大人，预知未来哪里是什么好事。正因为看不见，正因为无法目睹未来，人才有活着的喜悦和哀愁。"

"那我们就让星星回到天上吧。"

"你能办到吗？竟然能……"

"是的。"晴明用右手抵在忠辅的喉头，开始念咒。

"水往低处流，水中所映应在天上，速速归去。"

念完之后，晴明放开了手。

"啊，喉咙感觉有些痒……"

还没说完，忠辅轻轻地咳嗽起来。

随即，一个闪光之物从忠辅口中飞出，落到了池水上。

"哦……"博雅惊叹道。

"晴明，那颗星回去了哟，在开阳旁边映了出来。"博雅望着池水说道。

"不错不错。"晴明说。

"这下,之前在意的事情也放下心了。"

晴明看向天空,那里闪烁着无数星星。

看着这星空,梅雨时节仿佛已经过去。

"博雅大人,到天明还有一些时间。今夜希望能听着您的笛声,一同饮酒至天亮。"

"晴明啊,我也正想这样说呢。"

博雅又抬起了头。

清澈的夜空中,漫天的星辰闪闪烁烁。

山神的供品

一

这是山中的路。

虽说是路,却基本没有修整,与野兽所走的路无异。

大大小小的岩石遍地都是,还有突兀地从地里钻出来的石头,再没有比这更难走的路了。

树根在岩石上盘曲交错,路上常常被夏草掩盖,牛虻嗡嗡飞舞。在其间走动的时候,从树梢上啪嗒啪嗒地往下掉山蛭,从袖口、领襟和脚边爬进衣服里,吸食人血。

到了夜里入睡的时候,才猛然发觉山蛭正在吸血。

山蛭吸血后会变得涨鼓鼓的,让人恶心。捏着它想往下拔,也很难拔下来。要是用力一挤,那东西便鲜血四溅。

就算山蛭不再吸血,被它咬破的口子仍然会血流不止。

在这样的山中,一个女子独自行走着。

她头戴斗笠,右手拄杖,一边在树根和岩石之间磕磕绊绊,一边在山路上行走。

从常陆国到陆奥国,要通过烧山关的道路,此处并非不能通行马匹,女子却徒步前行。她背上背着用布包裹的行李。

头顶上,树梢时时随风起伏,而靠近地面的地方因为树木遮挡,基本没有风吹过。

山林中湿气弥漫,如同行走在水中一般。汗水沿着女子雪白的下巴滴下来。

但是,女子片刻也不休息,一个劲儿地只是往前走。

女子的腰上挂着瓢,沉甸甸地摇摆着,看来瓢里盛满了水或是水一般的东西。

绕到大块的岩石下,女子停住了脚步。

之前一直低头行走的她抬起了脸,因为面前站着三个男人。每个人身上都散发着野兽一般的汗臭味。三个人都胡子拉碴,下半边脸被胡须盖住了。

"一个女人在路上行走,可真是粗心大意啊。是吧,鹿麻吕?"站在最右边的男人说。

"就是啊。蛭丸,你说得对。"

正中间的男人——鹿麻吕冷笑着翘起嘴角,露出了黄牙。

"是不是得帮帮她了啊。喂,熊男。"

鹿麻吕说完,最左边的大个子男人说了句"那就帮吧",看了这个女子一眼。

女子用恐惧的眸子盯着男人们,似乎是说不出话来了。

"背上的行李很重嘛。"鹿麻吕说。

"穿的衣服也很热的样子。"蛭丸说。

"兄弟们,我们帮她拿一下吧。"熊男招呼道。

"这是怎么回事?我可没请求各位帮忙……"女子终于能说出话来了,声音却一直在发抖。

"不,我们来拿。"熊男的手伸了出去。

女子转过身想要逃走,可鹿麻吕赶上来,抓住了女子右边的衣袖,女子倒在了地上。

"一个女人孤身上路,总会在哪里摔跟头,早该想到这一点了吧。"蛭丸蹲下来,盯着跌坐在地的女子的脸。女子坚毅地抬起头。

"这样的话,干脆……"女子瞪着蛭丸,"杀了我吧。"

说完,她又郑重地重复道:"请杀了我吧……"

"什么?!"蛭丸挑起嘴角。

这时,一个嘶哑的声音从上方飘来。

"你好像遇上难办的事了啊。"

男人们和女子抬头看去,旁边的岩石上有个人影。那是一位老人,白发蓬乱,脸上皱纹纵横,而且长着一脸白胡子。

他俯视着众人的眼眸是黄色的,牙齿也是黄色的。

"要是你遇到麻烦了,我来帮你吧。"老人说。

听起来,这和不久前男人们说的话有些相似。

"你是谁?"鹿麻吕问道。

"我是芦屋道满。"老人说。

"啊,芦屋……"

熊男刚说到一半,老人便接过话茬说"是道满哟",一下子跳下了岩石。

他站在男人们面前,和女子并排而立。

"你要找茬吗?"熊男拔出腰间的太刀。

"要看你们懂不懂礼数了。"

"礼数？"

"女人，你腰上挂的是酒吧？"

女子点点头。

"就这么决定了。"这位老人——道满自言自语。

"决定了什么？"

熊男拿着刀向前迈出脚步。

"我决定救这个女人。"

仿佛看不见面前三个男人似的，道满转向一边，伸出右手，从垂在头顶的枫树枝条上一片片地揪下叶子。

"老头，你是找死吗？"鹿麻吕说。

"要是喝足了酒以后，倒是……"

道满一边说着，一边转向了男人们，嗤笑一声。

"你！"

熊男挥刀砍来，道满摊开了右手，手上放着三片枫叶。

呼的一下，他冲着叶子吹了口气。

三片叶子飘飘扬扬地在空中飞舞起来。一片落在熊男的右肩，一片落在鹿麻吕的头上，一片落在蛭丸的胸上。

"叶子马上会变重哟。"

道满刚说完，熊男、鹿麻吕和蛭丸顿时停在了原地。

"变重，变重，越来越重。"道满似乎唱了起来。这样一来——

"呃。"

"这是……"

"这是怎么回事！"

熊男、鹿麻吕和蛭丸的脚开始变得不听使唤，身体摇摇晃晃。

"嗨！"

"真、真重啊。"

"我的身体……"

三个人被压得直不起腰来，终于没力气反抗了。

熊男和鹿麻吕半蹲着，动弹不得。蛭丸则是仰面朝天，苦苦挣扎。男人们被肩上、头上、胸口的一片枫叶压得狼狈不堪。

"嗬，已经算不错了。要是被都城的安倍晴明这么来一下，你们的肠子和眼珠可要四处飞散了。"

道满乐滋滋地笑着，向女子转过头去。

而女子已经不在那里了，她沿着山道，走到了很远的地方。

二

"你给我等等——"

道满站在山路上，拦住了面前正在赶路的女子。

"我可是救了你，不向我道谢就走吗？"

"谢过您了。"女子低头行礼。

"为什么离开？"道满问。

"刚才承蒙您相助，不过恐怕是您擅作主张……"

女子站在原地，不再吭声。

"你是害怕我吗？"道满说。

这就像眼看要被狼袭击时，却被老虎救了。但只是从被狼吃变成了被老虎吃，被吃的命运还是没有变。

确实，这道满的模样比刚才的男人们更可怕。不过……

"我不害怕您。但我即使刚才被杀了也无所谓，不，我活着还不如死了好……"女子说。

"你说什么?!"

"我着急赶路。"女人又低下头,想迈开脚步。

一会儿说不如死了好,一会儿又说着急赶路,真是个让人摸不着头脑的女人。

"你可以急着赶路。但是我们可约好了,你腰上的酒得给我。"道满伸出右手。

"不行。"女子往后退去。

"我们可约好了!"

"我没和你约定。"

"你说什么?"

"你问我腰上的是不是酒,我确实点头了,可没说如果救了我,就把酒给你……"

"是这样吗?"

道满伸出右手的食指,挠起头来。就在这时,女子走开了。

"喂、喂。"

道满追上女子。但是没走几步,女子就停下了脚步。

那里长着一棵巨大而古老的山毛榉,树下横着一块圆圆的石头。女子的脚步停在了石头跟前。

"怎么了?"

道满问道。女子哇的一声,将脸埋在圆石上号哭起来。

"这是怎么回事?"

道满手足无措地站在女子旁边。

"发生什么事了?"

"我的丈夫,就是去年这个时候死在了这里。"女子说。

三

近卫舍人①中有一个名为纪声足的人。

他年幼时因为声音动听成为神乐舍人，口中总是吟唱歌曲。无论是心里欢喜的时候，还是哀伤的时候，甚或是独自一人的时候，总爱寄情于歌。

这位声足去年受命去了东国②，任务是作为相扑使者，从诸国召集参加相扑节宴的力士带到都城。

一旦出了都城，短时间内就不能回来了。

他的妻子叫阿弦。夫妇二人没有孩子，但声足十分眷恋妻子，妻子也深深地爱着丈夫。

"阿弦啊，我一定会平安回来，你可要多多注意身体。"

"夫君请平安归来。"

两人依依惜别。声足在春日出发，终于在陆奥国集齐了相扑力士，等到踏上回京的归途，已是八月了。

归途中，他经过陆奥国到常陆国的烧山关，一路穿越深山老林，路上几乎无人通行。

声足骑着马在山路上前进，几个侍从都是徒步跟随。

因为有人牵引缰绳，虽是走山路，声足也放下心来，不知不觉睡着了。

等到醒来，发现已经进入常陆国了。

"道路如此漫长，真是走得够远啊。不知道阿弦怎么样了。"

他心中想的全是关于阿弦的事情。

---

①近卫府的士兵，侍奉天皇、皇族、大臣等的近身侍卫。
②日本旧时逢坂关以东诸国的总称。

"对了，为阿弦唱一曲吧。"他想。

去诸国办事时学习当地的歌曲，回都城后唱给阿弦听，是声足的乐趣之一。他正好刚学会常陆国的常陆歌，便合着马鞍下挡泥片晃动的节奏，唱起常陆歌来。

优美的歌声从马背上传向深深的山谷，在林中回荡。

为了能传到身在都城的阿弦那里，声足饱含深情，一遍又一遍地反复吟唱着那首歌。

"真是有趣。"

不知从山间何处传来这样一句话。

声音不是来自一个方向，而是从森林中、山谷里、山顶上纷纷传来，在四面八方同时响起。

"真是美妙的歌声。"

与此同时，传来啪啪的拍手声，让人头皮发麻，心生恐惧。

"是谁？是谁在说话？"声足问侍从们。

"不知是谁在说。"

无法判断说话者是何人，侍从们只得一同说道。

"或许是这里的山神听到声足大人的歌声，心生欢喜。"也有人这么说。

然而，这个声音又响了起来。

"我想要这歌声呢。"

情形越发让人害怕了，众人便急着快点下山。

"真是让人不舒服。"声足心中感到恐惧。

没过多久，声足咻溜一下从马上滑了下来。待侍从围上去察看时，他已经气绝身亡了。

声足从马上摔落的地方有一棵高大的山毛榉，侍从们便在附近放了块圆石来凭吊，又将尸体放在马上驮着，终于下了山。

四

"我就是声足的妻子阿弦。"

女子说完，泪水簌簌地往下掉。

"我丈夫的身体已经化为尘土，但他既然被献给了此处的山神，那么他的魂魄应该就在这山中吧。哪怕见一面也好，我只想见见丈夫，所以才从都城来到常陆国。"

"那你刚才说，让人杀了你……"

"如果在声足死去的这座山上结束生命，我应该就能见到丈夫了吧。"

"原来如此，是这么一回事啊。"

道满对女子的话大发感慨时，已是太阳西斜时分了。

虽然四周还有光亮，但不论是前进还是回头，都不可能趁着夜幕未落走到有人烟的地方了。

"那酒呢？"道满问。

"我略微通晓琵琶技艺。若是在夫君被带走的地方拨弦弹奏，就算水平不及夫君，如果山神对音色还有印象，也一定会感念我的悲伤，让我见见夫君的。就像这样……"

女子放下背上的行李，解开包袱，里面露出了琵琶。

"您刚才问的酒，是献给山神的神酒。"

她从怀里取出素陶器，放在了地上。

"唔……"道满念叨着抱起了手臂。

"您怎么了？"女子问。

"停下、快停下,这可不是凡人该做的事!"

"为什么?"

"这不是你力所能及的事。那个世界可是变幻莫测啊。人的想法和念头像暴风雨中的一片树叶,一个浪头就让人不知往何处去了。"

"我不能什么都不做,就这样回去。即使无法打动神明的心,也只能放手一搏。"

"会折寿的哟……"

"道满大人……"女子看着道满问,"您说,生命到底算是什么?"

"这……"

"我觉得徒劳地增长年岁并不是人该有的活法。不论为此事折寿几年,我都不会后悔。"

"真是拿你没辙。"

"您是说……"

"我会助你一臂之力。"

"您要帮助我?"

"事已至此,不管怎么说,至少不必将那酒统统献给这里的土地神。你分我一半,我就让你去见见丈夫。我道满在这种事上可是靠得住的。当然……"

"当然?"

"是不是能如你所愿,我就不知道了。"

说着,道满哈哈大笑起来。

五

夜晚,道满和女子并排坐在山毛榉的树根边。山中浓浓的夜色笼罩在两人身上。

头顶的树梢幽幽地随风摆动,至于是如何摆动的,却看不清楚。

虽然点着了篝火,但火焰极小,只能照亮二人和背后的榉树根,小火苗的微光自然无法抵达头顶上方高高的树梢处。

琵琶声响起,如玉珠落入玉盘。

道满聆听着琵琶声,往瓦碟里倒酒,小口小口地喝起来。

琵琶声流淌进夜色,溶于其中,二者合为一体,似乎一直渗入了山林深处。

夜幕降临时,女子便开始弹琵琶,现在已是深夜时分了。

她不停歇地一直弹奏着。但是,四周并没有出现什么声音。

女子停下了弹琵琶的手。

"怎么了?"道满问。

"想来是我技艺不精……"

女子一脸不安地看着道满,映在脸上的火光摇摆不定,宛如映照出了她的心绪。

"并不是不精湛……"道满说。

确实,女子精于琵琶技艺,可是还不够。道满想。

只靠弹得一手好琵琶,是不足以让天地动容的。但他却不能告诉女子。

"继续弹,别停手。别去想什么琵琶弹得是好是坏,就这么弹下去。"道满说。

女子继续弹奏下去。

头顶黑黢黢的树梢晃动着,琵琶声流泻而出。道满不时给火堆添加树枝。

不久后,曲调开始混乱。她那拨弦的手指破了皮,流出了血。

握拨子的手指也从指甲那里开始往外渗血。

琵琶声开始杂乱，没了曲调。

即使如此，女子还是没有停下弹奏。

"这么弹就好……"

道满低声说着，往瓦碟里倒酒，一饮而尽。

越是往下弹，琵琶声越发凌乱，但她依旧没有停手。

道满将倒入瓦碟的酒一口饮尽，站了起来。他走向篝火的对面，将瓦碟放在那边的石头上，斟上酒。

这时，女子依旧在弹奏琵琶。手掌和指尖已经皮开肉绽，琵琶和琴弦上遍是血痕。

女子究竟会感到怎样的疼痛呢？她只是出神地弹奏着琵琶。

道满将盛酒的酒壶挂起，从篝火对面回到了原处。

女子有没有注意到这些呢？她依旧一味地弹拨着琴弦。

那琴声已经不成曲调了。琴弦松弛，声音纷乱。即使如此，女子仍然继续弹奏。

这时，篝火那端的黑暗中，出现了一个闪光的物体。

那东西小小的，泛着绿光——是兽的眸子。

有几处绿色的眼眸在闪动。那光亮正在靠近火焰周围。

渐渐地，那些东西的模样显现出来。

那是两脚而立的鼠。

两脚而立的兔。

两脚而立的蟾。

两脚而立的狸。

两脚而立的狐。

"都回去吧，要召唤的可不是你们。"

道满说完，这些东西就离开了。

接下来，又有动静从树上传来。听上去是扑哧扑哧的振翅声，头顶的树枝上似乎停着无数生物。

上方的黑暗中，发着黄光和红光的眼睛正注视着下面的动静。

"都回去吧，可不是找你们有事。"道满说。

扑哧扑哧的振翅声响起，那亮着黄光或红光的眸子随即消失了。

不久后，在黑暗的深处，仿佛有巨大的物体在移动，又仿佛是黑暗本身动了起来。

呼、呼——

能听见短促而沉重的气息，以及兽毛擦过树丛的声音。

片刻后，那只野兽在篝火的对面现身了。它的身影在火光中朦朦胧胧显现出来。

那是一头长着四颗獠牙的青色野猪，嘴巴两边各有两颗獠牙，两只眸子中泛着青白的光，真是一头令人恐惧的庞然大物。

"可算来了。"道满站起身说着。

哼哧哼哧……哼哧哼哧……

野猪低声哼哼，虽然听不清楚，却有些像是人类的话语。

如果当成人的声音，还能勉强听出它在说些什么。

"一开始，我还觉得那琵琶声真是烦人……"

那只青色的野猪大概是在这样说。

"弹起来没完没了，真想吃掉她。不过声音开始混乱之后，倒是有点打动我。而且我也有些在意，就来看看情况……"

那声音十分低沉，不像人声。

"这味道不是酒吗？"

"是啊，正想让你品尝呢。快喝吧。"

道满说完，那只野兽从树林里爬了出来。那是一头遍体青色、像马一般高大的野猪。

篝火前的石头上放着一个瓦碟，里面倒上了酒。那青兽慢吞吞地靠近，伸出巨大的舌头舔舐着瓦碟。那浅浅的酒没几口便舔尽了。

"你喝了啊。"道满说。

"对，喝了。怎么了？"

"我道满倒的酒和一般的酒可不一样。"

"什么意思？"

"刚才你喝了酒，就意味着与我产生了因缘。而且这可是我的酒，那就是我为主，你为客了。"

"所以呢？"

"你已经喝了酒，就得听从主人我至少一个要求。"

"如果不听呢？"

"你会成为我道满的式神，直到我享尽天命，都必须听我差遣。"

"道满？就是那个和小野篁一起大闹地狱的道满吗？"

"正是在下。"

"原来如此，要是那个道满，倒可以这样豪言壮语。"

这时，女子已经停下了弹奏，无言地看着出现在眼前的青色野猪和道满的举动。

"行啊。有什么要求倒是说来听听，道满。"

青色野猪说话了。

"去年这个时候，你抓了一个路过此地的男人为奴吧。"

"去年这个时候？"

"就是那个叫纪声足的男人。他经过这里，唱了常陆歌。"

"哦！那歌声可真不错。如果你说的是这个人，我的确是捉了他为奴,怎么了?"

"你看看这里的女人。"

"这里的女人?"

青色野猪看向阿弦。

"这个女人叫阿弦,她丈夫就是你去年抓住的那个男人。"

"哦……"

"她丈夫名叫纪声足,就是去年被你捉住的人。"

"那又怎么了?"

"让她见上一面,可以吗?"

"见见声足?"

"正是。"

"搁在平常,这可行不通,但在这里卖个人情给芦屋道满也不坏。那声足听到琵琶声,可是焦躁不安得很。也因为这样,我才来看看是什么情况。原来是这么回事……"

青色野猪发出咕噜咕噜像泥沼沸腾般的声音,笑了起来,转过身去,缓缓地消失在了森林里。

六

青色的巨大野猪消失后不久,黑暗中,传来"阿弦啊、阿弦啊……"的叫声。

道满和女子向声音传来的方向望去,黑黝黝的森林中,朦朦胧胧地似乎站着什么人。

"是我,我是声足啊。我来看你了。"

朦胧之中,站着的那个人说话了。

"是夫君……"

女人放下琵琶和拨子，站了起来。

她越过篝火走到对面。几乎是在同一时间，森林中显现出了一个浑身散发着青色光芒的身影。

"夫君……"

"阿弦……"

二人面对面站在那里，女子脸上的泪水簌簌地往下淌。

"一直盼望与你见上一面。"女子说。

"我又何尝不是。想啊念啊，想得不得了，但我已经死了，现在是侍奉青物主大人的身份。我一直希望你能忘了我，过得幸福一点……"

"不、不，怎么能忘得了？听说你在这里离开人世，我真想一死了之。听闻你是因为歌声优美才被这里的土地神带走的，我想即使只见一面也好，无论如何都希望能再与你相会，所以才跋山涉水来到这里……"

说完以后，女子泣不成声。

声足想要扶住女子，伸出的手却穿过了女子的身体，甚至无法与她相拥。

两人忘情地说了一会儿，不知不觉间，东方的天空开始微微发亮，但森林里还是一片阴暗。

"阿弦，我必须走了，就此别过。今后我们无法再相会了，虽然令人悲伤，但你一定要忘了我，再遇见一个人，和他一起幸福地生活下去。"

声足的口吻像是在谆谆教导她一般，然后深情地唱了起来。他唱的是常陆国之歌。

那声音是如此寂寞，随着歌声，他的身影渐渐消失在森林间。

"夫君！"

女子呼喊道。一瞬间，声足转过身来，落寞地微笑着，然后便回过头去，在森林中消失了身影。

七

在篝火前，道满和女子相对而立。

"怎么样，满足了吗？"

道满问，女子却没有回答，只是一直用轻微的声音啜泣着。

随后，女子拾起掉在地上的拨子，看着道满。那眸子里充满坚毅的神色，闪闪发光。

"不行……"

道满走上去，想夺走女子手中的拨子，可是已经晚了。

女子在道满的手伸过来之前，已经将拨子尖抵在雪白的喉咙上，说了一句："承蒙照顾，道满大人……"然后将拨子的尖角刺进皮肤，用力一划。

拨子被染成了鲜红色，女子倒在了那里。道满赶紧上去把脉，可是女子的脉搏已经渐渐微弱了。

道满茫然地站在原地，发出了感叹。

"真是愚蠢的女人啊……"

青色的野猪在森林里注视着这边的动静。

"人既然已经死了，我也无能为力了。"

道满再次转过身去，朝着即将消失在森林中的青物主喊道："等等！"

"怎么了？"

"带走这个女人。不带走可饶不了你。"

"哦？饶不了我，你想怎么样？"

"这样可是会激怒我的。你要是不带走这个女人，我会把灾难降到你们头上！"

"哦？降什么灾？"

"在这山上点火，让你和奴仆们都流离失所。"

道满的话语中带着恐吓的意味。

"无须担心。就算你不说，我也打算带走她。"

青物主慢腾腾地从森林里走了出来，将鼻子抵在女子的尸体上，说道：

"来吧。女人，成为我的奴仆。"

而后，尸体上倏地升起了女子的魂魄，那便是女子的幽灵了。

女子站在那里，朝青物主走去。青物主的边上则站着那个叫声足的男人。

阿弦和声足满眼柔情地看向道满，轻轻地低下头。

青物主背过身去，二人也转过身，慢慢地跟着青物主一起隐没在森林中。

他们的身影消失不见时，太阳正好从东方升起，森林中洒进几缕晨光。

道满无趣地坐在已经熄灭的篝火前，用酒壶往瓦碟里倒酒喝。

"为了喝到酒，看来是做了不该做的事啊。"

他盯着空了的瓦碟，自言自语。

"真是的……"

他念叨着，然后又往空瓦碟里注入酒，一饮而尽。

"还是回都城吧……"

道满轻轻地自语了一句。

"一个人喝酒,毕竟不是滋味啊。"

随后,他呵呵地低声笑着,开始往山下走去。

往生筏

一

秋日的虫鸣中，夹杂着不知是谁的哭泣声。

天空正中央悬着一轮满月。在澄澈的青蓝色月光下，树蟋、草蟋蟀、金钟儿、金琵琶一齐发出鸣叫声，有如秋野上响起了乐器的齐鸣。

呜呜咽咽的哭声交织其间。

这是八月十五之夜。

秋色渐浓的时节，竟传来了"呜呜……呜呜……"的哭泣声。

走在夜路上，芦屋道满听到了那哭泣的声音。脚下的路是摄津国通往丰岛郡箕面瀑布的方向。

那哭声十分奇妙。虽是在哭泣，从声音中却感受不到悲怆或哀伤。甚至可以说，在那哭泣声中夹杂着喜悦之情。

"这究竟是……"

道满离开了大路，朝着那声音传来的方向走去，他心中涌起了兴趣。

道路又窄又细,被露水打湿的秋草覆盖住了路两侧。

拨开草丛向深处走去,一棵高大的松树立在晴朗的星空下,不过只能看到黑黑的树影。

听起来,哭泣声是从松树那边传来的。

继续往前走,可以看到松树根下坐着一个男子。

再定睛一看,那男子前方的地上摆着一个酒壶、一个缺口的瓦碟,酒香弥漫在夜色中。

"哦……"

道满感叹一声,喉咙里咕噜咕噜地直响。

"是酒啊……"

他走到还在哭泣的男子跟前,停下了脚步。

"你在烦恼什么?"道满向他搭话。

男子抬头看着道满,说:"并没有感到烦恼。"

他的年龄大约是五十岁左右,白发又长又乱,胡子也是随意疯长。他看到眼睛放黄光的道满,也没有露出惊异之色。

"这可麻烦了。"道满很是为难。

"为什么?"

"你没有烦恼,我就无法帮你了。你如果有我能帮上忙的烦恼,我就能得到道谢的酒了。"

"想喝酒的话,我可以给你。"

"心意我领了,可是我不能白喝你的酒。"

"这酒我已经不要了,就扔在这里,你随意拿去喝就是了。"

"你既然没有烦恼,又为什么哭呢?"

道满出于好奇,这样问道。

"人可不一定只有哀伤的时候才会哭泣，喜悦时也会哭泣。不过这件事，我也是到了这把年纪才知道。"

"发生什么事情了？"道满问。

"就在刚才，就是这个地方，我与高贵的上人——佛的使者交谈了。这是多么难得的机遇啊，所以才不禁大声哭了起来。"

"原来是这么一回事……"

道满兴趣盎然地点点头，在男人面前坐了下来。

二

这个男人名叫炭麻吕，在附近的森林里造了一座小屋，居住在那儿，在这山中用陷阱和弓箭捕捉野兽和鸟类为业。

春夏采摘山菜，秋季摘取树木的果实和菌类，时不时拿这些东西去换大米和酒，借此维持生计。

在这个秋季，他赶早采摘了蘑菇和栗子，不仅换得了米，酒也换了不少。

多少可以悠然度日，他便想效仿一下风雅之士，以满月为佳肴，喝几口酒自娱自乐，于是出了小屋。

本打算去靠近箕面瀑布的地方，坐在那附近的松树下，一边观赏挂在树梢上的月亮，一边饮酒。

他坐在松树根下小口喝酒时，却开始感到悲伤。

孤独一人饮酒，月色再美，也无人一同相赞相叹。

同样，一个人独自望月，一点趣味也没有。但即便形单影只，如果能挂念着远方的人，倒也令人兴味盎然。而炭麻吕心中并没有这样一个人。

边喝酒边望月亮，只会让人越发哀伤寂寞。

就在此时，从天上传来了细微而曼妙的音乐声，朦胧可闻。

那声音如同松枝拂过明月，在月光之中鸣奏。

乐声渐渐变大，与此同时，还听到了吱吱的摇橹声。

乐声与摇橹声渐渐靠近。抬头望望天空，空中却并没有异象。只是那乐声和摇橹声从西方一点点靠近过来。

就在声响恰好到达头顶正上方时，从上面传来了说话声。

"喂、喂……你是为了迎接我，才到这里来的吧。"一个男人的声音说道。

随后，摇橹声和奏乐声也止住了。

"今夜我要前往另一个地方去接人，明年的今天，我会再来。"

实在难以辨别这是男人的声音还是女人的声音，只是有句优美的话语从天而降。

"啊，真是感激不尽。"

说完这句话后，又有奏乐声响起，吱吱的摇橹声也开始回荡在耳边。

乐声和摇橹声慢慢远去，不久，那声音也渐渐消失在耳际，只剩下吹过松枝的风声和虫鸣。

炭麻吕手里还握着瓦碟，内心震惊不已。不一会儿，松树上似乎有动静，一个人从树上下来了。

那是一位穿着黑袈裟的老僧。

"你究竟是谁？刚才松树上到底发生了什么？"炭麻吕问。

"我是附近箕面寺的僧侣祥云。你刚才听见的天上的摇橹声，是阿弥陀佛四十八大愿迎接众生前往极乐世界的竹筏的声音。今日黄昏，西方天空有祥瑞之云出现，由此得知今夜那竹筏将从西方净土而来。本以为或许是来迎接老僧的，所以在松树上等待。但方才听闻并非今夜，而是明年这一夜来迎接我，便在树上合掌恭送。"

僧人对炭麻吕说了这样一番话，然后向着天空合起双手。

三

"这是何等幸运的事啊，所以我才这般哭泣。"

炭麻吕对道满说道。

"我啊，可不信佛法之类。就算信了，也不会有什么变化。我是个宰杀兽类，以食肉扒皮为生的男人。就算这世上或是那个世界里有佛存在，又会怎么样呢？又能怎么样呢？我不杀生便无法生存，哪能去往极乐世界？连来世是否能转生成人都不知道，我的前途必定是坠入地狱。以前我一直是这么想的……"

"唔……"道满点点头。

"不过，极乐世界也好，佛也好，竟然真的存在。这么一想，就不知不觉地开心起来。或许连我这样的人，也有万分之一的可能往生极乐。明明知道不可能，但一想到这件事，我就感到自己是何其幸运……"

因此，他才喜极而泣。

"而且祥云上人还这样告诉我。"炭麻吕说。

"他说了什么？"

"我问上人，像我这般的人也能登上那筏子吗？结果，上人是这样说的……"

炭麻吕似乎在模仿当时祥云的口吻，用庄严的声音说："你可知道阿弥陀如来是无法将众生弃之不顾的佛。若是这个人便可以得救，是那个人则不救，佛可不会把人分成三六九等。不论是善人还是恶人，即使那人说不情愿，佛也会救他。这才是阿弥陀如来。"

"这、这，原来是这样啊。"

道满少见地带着困惑微微一笑。

"这么说来，祥云上人虽然回去了，但总不会被天狗和怪物骗了吧。"

"未必，天狗和怪物做的事有时比佛祖做的还好呢。"

"你又在说怪话了。"

"天狗和妖怪本是蛊惑人类、做恶事的东西，大家都知道这一点。但佛在这方面……"

"怎么说？"

"罢了。我可不打算说佛祖的坏话。"

"老人家，你年纪也不小了吧，是不是也该考虑考虑往生极乐的事了？"

"唉，我啊，比起极乐啦佛啦，更像是地狱的狱卒。与其前往极乐世界，不如去地狱，和牛头马面两位大王一起交杯换盏……"

"也是，人各有志。"

炭麻吕站起来。

"老人家，我不再杀生，这酒也不喝了。你要不嫌弃，剩下的给你怎么样？"

"那我就收下了。"道满说，"但是，你请我喝酒，我就得向你道谢。你有什么想要的东西吗？"

"没有……"炭麻吕又接着说，"不，说到有没有想要的，还是有的……"

他收起下巴，低下了头。

"是什么？"

"老人家，你刚才似乎说过自己更像地狱的狱卒。"

"是啊。本来就是，谁看到我的脸都想逃跑吧。"

"你又在说笑了，真是个有趣的老人家。"

"说说你想要什么吧。"

"反正我也戒了酒，不再杀生了，但即便如此，我以后肯定还是要下地狱的。不知是被鞭挞，还是像我以前所做的那样，被扒了皮，吃掉肚肠。那时你能不能和地狱的狱卒说一声，让他们下手稍微轻点儿呢？"

"这点事简直是易如反掌。"

"噢，这我就放心多了。"

"我道满说话算数。"

"本来还不奢望呢，老人家，我炭麻吕这下多少能放心了。"

炭麻吕笑着转身离去。剩下道满一个人在松树根下苦笑，他对着月光，与自己的影子对酌。

四

翌年八月十五日，又是一个月圆之夜。

道满在月光下踏着自己的影子，朝着箕面那棵松树走去。

与其说凑巧在这附近，不如说是惦记着去年那一晚的事，便自然而然地朝着摄津国方向走了过来。

与去年一样，他拨开杂草，沿着小径前行。

四周的草丛中，秋虫唧唧鸣叫，也与去年的情形相仿。

再往前走，不出所料，眼前出现了那棵松树。

道满站在松树根上环视四周,但四下里空无一人。

看来谁都不在。道满突然放了心,同时却又感到遗憾,心头交织着这两种情绪。

咚的一声,头顶上有声音传来。

松树上似乎有两个男子在交谈。

"怎么了,你来干什么?去年在这里遇到的那个男人就是你吧?"

之后又传来一句:"拜托您了。请带上我,祥云上人。"

这个声音似曾相识,是炭麻吕在说话。而对方似乎就是箕面寺的僧人祥云。

"不,不行。我祥云经历了漫长的修行,才能让佛祖带走。你这种以杀生为业的人,哪能登上那筏子?"

"上人,去年您说过,佛陀本来就以慈悲为怀,普度众生。此大愿对任何人都一视同仁。即使本人不情愿,佛陀也会伸出援助之手。"

"那只是方便法门罢了。"

"事到如今,您这样说了,我也不知如何是好。请一定……"

"今夜能搭上那筏子的只有一人。连我去年都未能实现搭乘的愿望,又等了一年。"

"请您别这么说,拜托您了……"

"不行。"

紧接着传来"啊"的一声大叫。从松树上掉下一个人,摔在道满的脚边。

道满还记得面前的男人,那便是去年在这里请他喝酒的炭麻吕,他的右手还握着断了的松树枝。

"咦,您不是去年的老人家吗?"

炭麻吕口中流着血，用微弱的气息说道。

"怎么回事，发生了什么?!"

"没有，只是去年的事无论如何都没法忘记。真是难为情，我明明是为了目送祥云上人离去才来的。真是难为情啊，只因无法忘记去年上人的话语，明知自己是该去地狱之身，却还在幻想能登上那筏子，于是想爬上松树祈求佛祖。结果正如你所见，真是活该啊……"

"竟然……"

"啊，老人家，去年的酒好喝吗？"

"是啊，好喝得很。"

"如果知道会这样，当初不如先喝了那酒……"

炭麻吕想笑一笑，却只是歪了一下嘴角。

"去年在这里的约定还记得吧，老人家……"

"当然。"

"那就好。就算是谎话，也让我舒坦一点了……"

炭麻吕的头在道满的手臂中垂了下去，他已经离开了人世。

这时，天上传来了曼妙的乐声，接着是吱吱的摇橹声。

但是抬头看去，天空中只有满月与几点闪烁的星辰，除此之外什么都看不见。

摇橹声停在了松树上方。

不久，上方传来了声音：

"喂，您说什么？您说祥云我竟也无法实现登上筏子的愿望？"

祥云的声音颤抖着，听起来快要哭出来了。

"你刚才犯了杀生之戒，所以无法登上此筏。"

这声音显得中性，分不清说话的人是男还是女。

"怎么会这样。炭麻吕确实与我交谈了几句,但我并没有将他推下去啊。我确实是碰了他一下,可炭麻吕是自己掉下去的,因为他抓住的那根枝条断了。"

"很遗憾,你无法实现乘上筏子的愿望。"

"那要等到什么时候?明年吗?明年这一晚,我再来这里可以吗?"

"已经告诉你了,你无法登上此筏……"

此后便再也听不到对方的声音了,取而代之的是吱吱的摇橹声。

吱呀、吱呀……声音渐渐远去。

"请留步……"

"请留步……"

"求您了……"

祥云的央求声回荡在树梢上方,此时奏乐声又响起来。

这乐声和摇橹声渐渐变得轻微。

天上悬着一轮皎洁明亮的月亮。

"啊……"

道满听到了一声叹息。

片刻的安静后,松树上传来了祥云无奈的话语:"完了,什么都完了……"

咔嚓,头顶的松枝响了。

紧接着,咚的一声,松树上掉下来一个人。

那是祥云。他头先着地,脖子已经折断了。他就这样睁着眼,盯着天上的月亮死去了。

道满瞅了一会儿祥云的尸体,又往天上看去。

明晃晃的一轮满月挂在当空。摇橹声和奏乐声都已消失,只有秋虫在唧唧鸣叫。

"这可不是佛祖所为……"

道满低声喃喃，脸上似乎有怒气，又似乎在哭泣。

就这样，道满将两具尸体留在那里，背对着松树离开了。

自不必说，道满遵守了与炭麻吕的约定。

往来度南国

一

秋日已尽。不过,冬日尚未开始。

秋冬交替之际的那三四天,每天似乎都清澈明亮。大气里蕴含着枯叶和即将落雪的气息,如同在天空中安静地呼吸。

樱花树枝上还留有屈指可数的几片叶子。那几片仅剩的叶子在阳光下发着光。

这是位于土御门大路上的晴明宅邸。晴明和博雅在外廊上坐着,悠然地饮酒。

已经枯萎了一半的草丛中,再也听不见虫鸣声。

龙胆和女郎花如果也枯萎了,就将淹没在周围的萧瑟景色中,要辨别它们的身姿就更难了。

从廊下仰头望去,天空一片湛蓝。

抬头望着天空,仅仅如此,那蓝色也让人感到哀伤。

"唉,晴明啊。"

博雅刚端起盛着酒的杯子,就念叨了一句。

晴明观赏着庭院,红唇抿了一口已送到嘴边的酒。"怎么了,博雅?"

随着这句话,他将视线转向了博雅。

"你不想些什么吗?"博雅问。

"想什么?"

"就是说,你看着这样的风景,没有想到些什么吗?"

"我在问你想到了什么呢。"

"我的年龄。"

"年龄?"

"夏日开花,秋日结果,明明曾经那样热烈的东西,现在却如此枯萎,在安逸的阳光中寂静地等待冬日的到来……"

"嗯。"

"每年看到这样的景致,我都会深深感慨,又长了一岁啊。"

博雅将酒杯送到唇边,饮尽杯中的酒。

"每过一年,这种感觉都更强烈,让人铭记在心,晴明。"

"唔?"

"所以说,晴明,我刚才问你,你就不想这些事吗?"

"我没有不想……"

"什么啊,晴明,你就别卖关子了,把想的事直接说出来不好吗?"

"想啊,说到想或者不想这事情……"

"你又在卖关子。"

"不,没有这回事。确实如此,我又长了一岁,不过对我而言,这却让人安心。"

"安心？"

"是的。"

"你说的是什么意思？"

"我也属于那自然之物的一部分，这一点不可思议地让人安心，博雅。"

"原来是这么回事……"

"是的。"

"在你又开始说让人烦恼的咒之前，我先说一说……"

"说什么？"

"其实我的年岁也在增长……这么一来，我并不觉得这身体逐渐增长年纪是令人讨厌的事了。"

"哦？"

"说起这件事，晴明……和你这样的人在世上相遇，才有我们在一起饮酒的这一刻。正因为年岁不断累加，我们才能如此共饮，不是吗？我是这么认为的。"

博雅说完，晴明一时垂下目光，又将视线转向庭院。

"不会吧，你不会是害羞了，才移开目光吧？"

"哪里是害羞？"

"那是什么？"

"我在想，你可真是个好汉子，博雅。"

"你为什么要移开目光，还不是因为害羞了？"

"谁知道呢……"

"可不是什么谁知道，晴明，没想到你也有纯真的一面。"

"纯真？"

"我是说可爱的一面呀。"

"喂，博雅……"

晴明刚说到一半，博雅插话道："不过，晴明，并不是说到年龄时顺便一提，我可是听说了。"

晴明原本犹豫着是否要说完剩下的话，话题既然变了，他便顺水推舟地问道："听说什么了？"

"膳广国大人在五天前离世了。"博雅说。

"嗯。"晴明应道。

膳广国曾任丰前国宫子郡的少领[①]，三年前因妻子离世，想舍弃俗世，遁入空门，便离开了都城。

如果出家，自然应该去都城的寺院，但他原本精通武艺，擅长挽弓射箭。若是竖起一根通心竹筒，在两町[②]以外的地方朝着空中射箭，能让箭稳稳地落入竹筒内。

藤原兼家听到了这个传闻，看中他的技艺，便花钱雇用他担任宅邸的护卫。这个时候，广国在四条大路已建有宅邸，不仅仅是弓箭领域，连都城的气象也因他大为改观了。

而这位膳广国大人却在五天前突然离世了。

他在自家宅邸的庭院里散步时，突然倒地不起，家人赶到时，他已经没有了气息。

"年龄才四十六岁……"

他是走路时突然撒手人寰才摔倒呢，还是摔倒时猛地撞到了头部才离世的呢，没有人知道个中究竟。

"葬礼是在三天前举行的，地点在四条大路他的宅邸里。"

"嗯。"

[①] 郡司的次官。
[②] 日本长度单位，1町≈109米。

"晴明,那葬礼你不是也去了吗?"

"正是,怎么了?"

"传闻说,你在葬礼上叫住了广国大人的家人,好像在他们耳边说了什么。"

"你问这件事呀。"

"所以,到昨天为止,广国大人的尸身已经四天没有下葬了,一直安放在他的府上。"

"是的。"

"你还记得这事吗,晴明?"

"记得什么?"

"昨日,梶原重恒大人因要事前往广国大人的宅邸,发现广国大人的尸身还在,便问了理由,得知是举行葬礼时,安倍晴明大人在家属耳边叮嘱,请勿安葬大人,先停放在宅中。就是这件事啊。"

"你说这个呀。"

"是的。你不是说了吗?为防万一,五日内不可焚烧尸身,更不可埋葬,先停放在宅中。"

"正是。"

"关于这一点,我正想问你来着。到底是出于什么原因,你才让广国大人一直那样躺着,晴明?"

"我参加葬礼,是因为与兼家大人有缘分……"

晴明说到这里,庭院中似乎有了人的气息。

蜜虫出现在院中,身后站着一个身着水干的年轻男子。

"有客人来访。"蜜虫说。年轻男子看到晴明与博雅,低下了头。

"我是膳广国大人的侍从,名叫俵光古。"他抬起头,说道。

"有什么事?"晴明问道。

"我家主人说,请大人一定光临敝府。"俵光古说。

"主人,也就是……"

"是膳广国。"

光古似乎有些兴奋,脸颊上带着红晕。

"哦?那就是……"

"我家主人广国在不久前复苏了。"

"什么?!"

博雅发出了惊叹之声。

二

广国复活过来,开口说话了:

"这是在哪里……"

家里的人察觉后,匆匆赶至平躺着的广国跟前,广国缓缓地挺起了上半身。

"你们这是怎么回事?"他看着大家的脸,疑惑不解。

记忆中,自己应该还在院子里走着,此刻却发现已经躺在这里。起来后,家里人还围在身边盯着自己。

是发生什么事了吧?广国这样想再自然不过。

"广国大人,之前,您已经离世一回了。"家里人解释道。

"死了?我吗?!"广国依旧一头雾水。

"您在庭院中突然倒下,脉象全无,气息也断绝了,身体渐渐变得冰凉。"

得知自己的葬礼都已举行,而且藤原兼家大人也参加了葬礼,广国问了个理所当然的问题。

"那为什么还不将我埋葬,就让我这样躺着呢?"

"是安倍晴明大人命令我等这么做的。"俵光古答道。

"什么?安倍晴明说的……"广国口中喃喃。

"这是……"

之后,广国看到放在自己腹部的卷轴,便拿在手中。

"晴明大人说,要在您身上放置此物。"

"这是……"

陷入思索的广国露出了恍然大悟的表情。

"这么说来,我想起来了。还以为是梦呢……"

"梦?"

广国没有回答光古的疑问,下令道:

"快请晴明大人过来。"

三

"请晴明大人一定前来——我便奉主人之命,立即赶到您府上。"光古对晴明和博雅说道。

"在您休息时叨扰,实在抱歉。但如果您能驾临敝府,我等将万分欣喜。"

光古诚恳地低下头。

"就是这么一回事,博雅大人。"

晴明看着博雅。有旁人在,晴明对博雅说话的口吻十分谦恭。

"这么一回事,是指……"博雅问。

"刚才博雅大人问我,是出于什么缘由让广国大人躺在宅中。"

"对。"

"如果想知道其中缘由，便一同前往，怎么样？"

"你说一同，就是……"

"接下来，我将前去拜访广国大人的宅邸，您是否愿意与我一同前去呢？"

"哦，哦……"

"那么，一同去吧……"

"走吧。"

"走吧。"

事情就这样决定下来了。

四

事情是这样的。

广国在自家院内漫步，不想眼前突然一片黑暗，之后发现自己竟然站在一株不曾见过的松树下。

面前站着两个男子。

一人是赤面，盘结着头发，目光炯炯，眼中烁烁闪光。另一人是青面，头发扎了起来，眼睛细长。

"你发觉了吗，广国大人？"赤面男子问。

"你可逃不了了哟。"青面男子说。

"我为什么会在这里？我——对了，我不是在自家庭院里走路吗？四周突然变暗，等我回过神来，就在这儿了……"

"广国大人，你已经死了。"赤面男子说。

"死了？！"

"对。你已经死了。"青面男子说。

"我并不觉得自己已经死了啊……"

"你已经死了，所以我们才来接你。"

赤面男子说完，青面男子立刻抓住广国的右手。

"好了，走吧。"

青面男子迈出脚步，硬拽着广国往前走。广国身不由己，只能跟着走去。

三人一同走着，路过两个驿站，前方是一条大河。

河上架着一座木桥，通体涂成了金色。

走上桥，那里有个守桥的男子，向他们打招呼说："这不是赤首和青首吗？"

"大王发话要召唤这个男人，我们正要带他过去呢。"赤面说。

"好，走吧。"守桥的男子放行了。

走过那桥，再往前走，似乎来到了一个快乐的国度。

路上的行人个个面露微笑，器宇不凡。甚至连四处走动的狗啊猫啊，毛色都光亮而美丽。

"此处是哪里呢？"广国问。

赤面男子说："是度南国。"

"这可不是活人能到的国度，只有死人才能来。"青面男子说。

接着往前走，面前出现了一座黄金宫殿。

连宫殿的大门都是用黄金造就的，门下站着八位正在当差的守卫，清一色是腰间佩剑的士兵。

二人与那八个人打招呼，八位士兵点点头，其中一人说："已经等了许久了。"

穿过门进入黄金宫殿，宫殿中间有一张黄金宝座，上面坐着一位一脸威严的老者。

"这是度南国的王。"赤面男子告诉广国。

"我们已经将膳广国带来了。"青面男子对坐在宝座上的王禀报。

而后,这位年迈的王开口说道:

"现在召汝前来,是因为汝妻之言。"

"召见广国之妻。"

于是赤面男子向里面走去,消失了身影,很快便带着一个女子回来。

一看那个人,正是广国在三年前就已离世的妻子。

但让人恐惧的是,她头顶上钉了一根巨大的铁钉,钉子尖从额头冒出来。而在钉子尖边上,又钉入了一根朝上的铁钉,那根钉子的尖从头顶钻出。

一般说来,在这样的情况下绝无生存的可能,但广国的妻子已经是死人了,被这样钉了钉子也能说话。

"啊,好疼……"

"啊,好疼……"

妻子一边呻吟着,一边用憎恨的目光盯着广国。

"是汝之妻吗?"王说。

"是,确实是……"

"据汝之妻所言,汝对其施加了残忍的暴行,汝可还记得此事?"

"不记得了。"广国说。

"那就来问问这个女人。广国之妻啊,你丈夫的暴行究竟是怎样的?"王问。

"此人在我去世时一滴眼泪未落,举行完葬礼,立刻将我送出家门埋葬了。此后,他一年只去一次墓地。念经也不过敷衍一下,只念一两遍。我活着的时候,也不曾记得被此人温柔相待过。"广国的妻子答道。

"这可称不上是暴行吧。比起这个，你头上钉了两根铁钉是怎么回事？"王置疑道。

"一根是身为有夫之妇仍与多名男子偷欢，在家里也不做任何家事，无视丈夫所致。"赤面男子回答。

"另一根是她与偷欢的男子合谋想毒杀广国，意欲夺取家宅所致。"青面男子说道。

"那她是因为什么缘故身亡的呢？"王接着问。

"她想杀害广国，让他吃下毒的饭，没想到自己却误食了。"

"才导致死亡。"

赤面男子和青面男子一唱一和。

"什么，原来是祸及自身了啊。"

王朝广国转过头来，说："你并没有罪过。"

"此女差点让我夺取了无罪者的性命。作为惩罚，再给你钉一根钉子。赤首、青首，马上着手去办。"

"是。"

"是。"

二人低下了头。

被唤作赤首的赤面男子消失在了宫殿里面，不一会儿又回来了。他手上拿着铁钉和铁锤。

"动手。"

王说完，被唤作青首的青面男子压住女人的头，赤首把钉尖对准她的头颅。

"啊，别动手！"

"求您了，别动手！"女子哀求道。

赤首挥起右手的铁锤，女子大叫一声："混账东西！"

此时，铁锤已经挥了下去，落在钉子上，发出咣的一声。铁钉随即咚的一下钉进了女子的头颅。

咣、咚。

咣、咚。

"好疼啊。"

"好疼啊。"

女人大叫着，铁钉最后穿过了她的舌头，从下巴尖钻出。

"好了，把这女子带走。"

王说完，青首拽着女子消失在了宫殿里面。

广国愣住了，只是一味地因为恐惧而颤抖。

"不必害怕。你没有罪，可以让你回去了。"

出人意料地，年老的王和颜悦色地对广国说道。

"话说，你父亲应该在十年前死去了吧？"

"正是。"

"想见见你父亲吗？"

"小人可以见到家父吗？"

"可以。因为对你做了失礼的事，我就让你们相见吧。但是不许久留，因为在此处度过一刻两刻，便等于你在人世过了一天两天。在这段时间里，如果你的肉身已经被焚烧，可就回不去了。还有一件事，你来时走过的桥上应该有个守卫，马上就到换岗时间了。一旦换成不曾见过你的守卫，他未必能让你通过。果真如此的话，可就麻烦了，你打算怎么办？"

"我想见见我的父亲。"广国说。

"赤首啊，那就带广国前往他父亲所在之地。"老者说。

"是。"赤首冲着老人俯首，之后握住广国的右手，说了句"这边"，拉着他走了。

出了门向南走去，不久后看见了一扇铜铸的门。门前也站着八个佩剑的士兵。

"新来的人吗？"其中一人问道。

"不是。这个男人的父亲在这里，王特许让他们相见。"赤首说。

"那放行吧。"

赤首带着广国毫不费力地进了门。

里面有一座铜铸的宫殿。赤首朝着宫殿喊道："膳广次在不在？"

"我在……"

从宫殿里走出一位干瘦的男子，算上头顶和脸上，他全身上下被钉了三十七根铁钉。

来人就是广国的父亲广次。

"父亲大人——"广国赶上前去。

"这不是广国吗？"广次一脸震惊地说。

在他说话时张开的嘴中，也能看到从头顶和脸颊钉进去的铁钉。

他一说话，牙齿和那铁钉相碰，便发出叮叮的响声。说出的话也因为铁钉挡住了舌头，变得含含糊糊。

即便如此，还是能勉强听出他说的是什么意思。

"您这是……"

看到广国泪流不止，广次也一边流泪，一边说：

"我想你也知道，我活着的时候，为了供养妻子和儿子，杀生无数，剥其皮，啖其肉。有时将八两棉借出，再强行收回十两棉。或者是以小斤两的货物借与他人，再按大斤两收钱。又夺取别人的东西，冒犯女子，不侍奉父母，不尊敬师长。还强纳普通百姓为奴婢，对其恶言相向、拳打脚踢。所以死后才会被这样钉上三十七根铁钉，每日被打九百回铁棍……

"我想让你做点什么，就在某年七月七日的夜晚，变成一条大蛇进入你家，可你不知那是为父，将我丢在了院外。又一个五月五日，我化成赤犬进入你家中，也被赶了出去。不过某年一月一日，我变成猫进了你家，虽然你并不知道这就是我，但终于给了饭菜和各种美味，让我这只猫饱餐了一顿。于是我在那三年里便以猫的形态活了下来。现在我又死了，变回了人的样子，在这里接受惩罚。还希望你一定要帮为父脱离苦难啊——"

"我该如何去做呢？"

"回到现世后，你要抄写《观音经》，送到寺院供养为父。那宝贵的经书的功德能使我往生。"

广国听了，便点头应允："我明白了。"

走出铜门，广国在赤首的引领下，匆匆向进入度南国时走过的桥赶去。

终于抵达桥头，才发现守桥者已经换人了。桥边站着的是额头上长了两只角的士兵，他表情威严地看着来人。

广国正想过桥，士兵将悬于腰间的剑握在手中，喊了一句：

"喂，此桥不能任由你通过。"

"我并非死人，事出有因才来到这里。那边还留着我的肉身啊。"广国竭力地解释。

"不行、不行。我没见你来过此桥。"头上有两只角的士兵固执地说。

"不可如此，王也知道此事——"赤首说。

"不行就是不行。桥以内的区域必须遵从王的命令，但唯有这座桥的进出是交给我们守桥者管理的。"

这个士兵依旧不听他们的辩解。

广国无计可施，就在这时，桥上传来了赤脚踩着桥板走过的哒哒声，有人赶来了，是一个穿着白色狩衣的小童子。

童子停在了长着两只角的士兵面前，用一副大人的口吻说道："快让此人通过。"

"这可真是——"

士兵惶恐地俯首。

"既然您吩咐了，小人岂敢不放行。"

士兵说完，看着广国。"快去吧，速速过桥。"

"那我就告辞了。"

说着，广国走了上去，在快要走过这座桥时——

五

"一醒过来，便发现自己躺在家中这张床上了，晴明大人。"

广国坐在床上，直起上半身说道。

"原来如此。"晴明应道。

"不过其中最不可思议的，就是在桥上救我的小童子。那究竟是怎么一回事呢？"

晴明指了指广国的枕头边，那里放着一副卷轴。

"这是我年幼时抄写的《观音经》卷轴啊。"

广国拿起卷轴说。

"就是这《观音经》化作了小童，去救了大人您。"

"什么——"

博雅不禁一声惊呼。

"可是我听说,这《观音经》是晴明大人在我家人耳边交代后,才放在我身上的。"

"正是如此。"

"究竟为什么这样做?我想知道个中缘由,才请晴明大人前来。"

"前来吊唁广国大人时,我看您的脸色实在不像已故之人。为慎重起见,便触碰您的身体,发现还是柔软的。于是我想,您还未离世,仅仅是魂魄飞向了某处。所以告知您的家人,您还没有死,且先等等。但您回来时,或许会遭到阻挠。虽然我一直陪在您身边更安全,可情况不允许我这么做。和您的家人耳语之时,我便问是否有大人抄写的经书之类。得知有这卷《观音经》,就告诉他们把它放在您的身上——"

晴明解释道。

"原来如此。不论如何,都是借晴明大人之力,我才得以回来。十分感激。"

广国反复向晴明低头致谢。

六

"真是不可思议的事啊,晴明。"

在回到晴明的宅邸后,博雅不禁感慨。

夜晚,在外廊上,晴明背倚一根柱子,手中握着斟满酒的杯盏,看着月色下的庭院。

一点灯火在摇曳。夜幕降临之后,寒气逼人,所以放了一个火盆在身边。

"经文变成小童子去救人，竟也有这样的事。"

"嗯……"晴明应了一声。

这种时候，晴明知道不必多言，顺其自然地让博雅乘兴而谈就行了。

博雅的声音回荡在晴明耳中，有如乐声一般，让人心旷神怡。

"广国大人也是出色的人啊。不是说他不仅为了父亲，还要为了妻子抄写《观音经》送到寺院吗？"

博雅的话音响起，夜色愈加深邃。

"啊……"

博雅忽然叫了一声，他的眼睛正看向庭院。

这个冬季的初雪，正纷纷扬扬地飘落在庭院里。

雪下了一整夜。次日清晨，晴明与博雅醒来时，庭院已经被白雪掩盖。

棘目中纳言

一

雪无声地落下。

这是在春天落下的雪。

安倍晴明的宅邸中,盛放的白梅上也积着雪。

连着几天温暖的日子,梅花的花苞微启,纷纷开出白色的花朵。到夜里,梅花的清香融入夜色,幽然四溢。

这么一想,是今天早晨才骤然变冷,中午时分便开始下雪。回过神来,地上已经覆了一层薄薄的雪。

"多么不可思议,晴明。"

源博雅先开了口。

"有什么不可思议的,博雅?"

"就是这雪啊。"博雅说。

二人坐在晴明宅邸的外廊上,身旁各放了一个火钵。他们的脚上都穿了袜子。

几乎没有风，虽然寒意弥漫，雪倒还不至于吹进屋檐下。庭院中的草木被白雪温柔地包裹着，反而似乎能感受到一股暖意。

就在洁白的雪下，正孕育着春天。想到这一点，这寒意也变得可爱起来了。

"雪怎么了？"晴明问。

博雅喝了一口酒，放下酒杯，开口说道：

"这土地上有石头，也有树，还有倒下的草和飘落的枯叶，鸭川的河滩上还倒着死尸……"

"嗯。"

"但无论是污浊之物也好，清净之物也好，所有的东西上都堆积着雪，被重重覆盖，让一切消失不见。不论下面有什么，只要被雪包裹住，便是一片洁白无瑕。"

"嗯。"

"我感到不可思议的就是这个，晴明。"

博雅将视线从晴明身上移开，转向庭院。

"人心之上，如果有岁月这层白雪堆积，不论是哀伤、仇恨，还是别的什么，都能被那纯白而明净的东西包裹住吗？如果真是这样，晴明啊……"

"怎么了……"

"那么这身躯逐渐增长年岁，倒也不是一件坏事。我是这样想的，晴明。"

"哦……"

晴明将放下的酒杯端到嘴边，唇抵在杯沿上，含了一口酒。

"博雅……"

"怎么了？"

"你就是雪啊。"

"我是雪?"

"就是说,对我而言,你看起来真的像雪一般。"

"……"

"这曲叫作源博雅的乐声,如雪一般从天而降,用纯净覆盖大地……"

晴明看着博雅,脸上带着微笑。

"喂,晴明。"

"怎么了?"

"你这家伙是在戏弄我吧。"

"我可没有戏弄你。"

"晴明啊,你是不习惯夸奖人吧。"

"什么?!"

"我是说你,夸人的时候还让人听不懂,说话拐弯抹角的。"

"为什么?"

"你说为什么……"博雅将视线撇开,"因为被夸的人不知如何是好啊。"

"博雅,原来你慌了啊。"晴明笑了。

"我没慌……"博雅嘟囔了一句。

"怎么样,博雅,差不多该去中纳言柏木季正大人那儿了吧。"

晴明改变了话题。

"唔,这么说来,差不多到时间了。"

博雅应了一声。

"那该走了。"他说。

"这就走吧。"

于是，晴明与博雅二人动身了。

二

柏木季正拜访晴明的宅邸，是在两天前。

"我真不知该如何是好了，所以前来询问。"

来到这里后，季正说道。

是这么一回事——

大约在六年前的夏天，季正的右眼疼得厉害。

本以为一两日就能痊愈，到了第三日也不见好转。到了第四日、第五日，眼疾不仅没有康复，疼得反而更厉害了。

听说某处的清水对眼病有效，季正便汲取了那里的水清洗眼睛，也没什么效果。通过典药寮①的熟人行方便，拿到了止痛药服用，症状也不见缓解。

过了大约十天，季正已经疼得难以入眠。

恰在这时，他遇见了一位叫四德法师的人。

四德法师是播磨的法师阴阳师②，也是一位在各地游历的法师，据说那时正好在都城，治好了来自四面八方的病人。

季正的下人听到这个消息，便将四德法师请到了宅子里。

四德法师将手放在季正的头上，祈祷一番，如此这般地做了一通以后，说："我想起一件事，去去便回。"

当天他就出了门，第二天才回来。

---

①日本古代官署之一，属宫内省，管辖医药、医师和医博士。
②指不属于阴阳寮的民间阴阳师，本身是僧侣，又懂得一些咒术、占卜，并靠这些赚钱谋生。

他再次来到季正家中的那一天,季正的眼痛已经好了。

四德法师得知此事后,点点头说:"正是如此。"

"是四德大人您治好了我的病吗?"季正问。

"不,治愈您的并不是在下,而是平素参拜的孔雀明王。"四德说。

"孔雀明王?"

"没错。昨天,我去向孔雀明王祈求,希望治好大人您的病。"

"去祈求?"

"是的。"

"在哪里?"

"我不能告知您具体地点。我是个四处游走的法师,无法随身携带雕像,所以就向着西京的方向祈祷。还望大人见谅,我不能告诉您这个地点。"

在季正看来,既然眼痛已经消除,便没有大碍了。至于四德祈求的孔雀明王像身在何处,也就无所谓了。

"无妨无妨。"

他说完,给了四德许多谢礼。

季正的胸口开始疼痛,感到气闷,是在第二年的秋天。

他胸闷到无法自如地呼吸,而且有疼痛感。虽然喝了药,也尝试了各种方法,却都不见效。

他忽然想起了去年的事,便派人去找四德法师,恰好法师正在都城,便即刻叫他前来家中。

"那我再试着向孔雀明王大人祈求吧。"

四德说完便回去了。不可思议的是那天晚上,季正的胸痛和气闷立即有了好转。

四德法师第二天才回来,季正又给了他一笔丰厚的谢礼,才让他回去。

第三年春日里，季正又肩膀疼，同年秋日里腿部疼痛，不过请四德法师帮忙后，这些疼痛都顺利地消除了。

但是，最开始是一年犯病一两次，后来间隔逐渐缩短，变成了一年三次、一年五次。最近甚至每个月身体各处都会疼上一回，每回都要叫四德法师来治病。

近来，四德法师也不行走各地，在西京的一座破寺住下了。这是因为两年前，季正拜托他留在都城。

即使如此，这次得的重病该如何治疗呢？

季正让四德法师占卜后，仍不知原因出在哪里。

就在进退维谷之际，他通过熟人源博雅来见晴明，才有了两日前的事。

于是，晴明听他诉说了事情的来龙去脉。

三

"如此说来，四德法师已经回去了，是吗？"

晴明在柏木季正的宅邸中问道，被问话的便是季正本人。

"是啊。"季正应道。

"那您是怎么告诉四德法师的呢？"博雅问。

"头后面疼，是这样说的。"

"四德法师大人如何回答？"

"那么，我便去向孔雀明王祈求，希望消除您的疼痛……"

"就是说他已经走了，对吗？"晴明问道。

"是的，就在方才——"

"时间真是巧啊。如果我在场，四德法师也会有所顾虑吧。"

"是、是啊。"

"我刚才来您的宅邸，看到雪地上留着从这里朝西京方向而去的脚印，那是四德法师的足迹吧？"

"是、是的……"

"在足迹消失前，我们也去一趟吧。"晴明对博雅说。

"去哪里，晴明？"博雅问。

"去四德法师前去的地方。"

"在这雪天里吗？"

"是的。"

"唔、唔……"

"您要留下吗？"

"我可没这么说。"

"那么去吗？"

"唔、唔。"

"我们去吧。"

"走吧。"

事情便这样决定下来了。

四

辘辘辘辘……车子碾压着雪下的土地，向前驶去。

从天上飘落的冰冷雪花中，年仅十岁的牛童牵引着牛车往前走。

晴明与博雅坐在一辆牛车之中。

"没事吧？"博雅说，"总不会跟丢足迹吧，晴明？"

"没事的。那蜷蛄男虽然年纪小，却是个聪明的孩子。"晴明说。

蜷蛄男是露子姬的玩伴，有时受晴明托付做各类杂事。这次也是如此。

"不过，就算如此……"博雅说，"为什么又让季正大人撒谎说头疼之类的呢？"

"你去了就知道了。"晴明用平淡的语气回答。

就在二人说话之际，车子吱呀一声停下了。

"看来是到了。"

晴明撩起帘子，露出脸，外面站着蜷蛄男。

这是西京，一座荒废的小小的寺院就在眼前。

"足迹是进了那荒寺的门里。"蜷蛄男说。

"那，我们去拜见四德法师大人吧。"

晴明与博雅从车上下来。

"蜷蛄男，你在这里等一会儿。"

"明白了，晴明大人。"蜷蛄男点了点头。

"博雅，可别发出声音哟。进了门，就不能说话了。"

"知道了。"

"这雪会消去我们的痕迹吧。"

晴明说着，脚下踩着雪，发出沙沙的声响，走进快坍塌的寺院门内。

一座小小的大殿立在雪中，能听到低沉而细微的诵经声。

喃谟母驮　野喃谟达磨　野喃莫僧伽　野喃莫七佛正遍知者……

那人念诵的似乎是孔雀明王的真言。

晴明和博雅一边听着诵经声,一边慢慢向大殿靠近,悄悄地走上檐廊,从墙壁的缝隙里往大殿内窥视。

屋檐破损,狭小的大殿地板上有三分之一的地方积了薄薄的雪。

不知殿内原来安置的佛像是什么,如今早已被盗走了。看起来像供奉佛像的地方,却放着一个稚拙的五寸大小的木像。木像似乎坐在鸟一样的东西上。那鸟若是孔雀的话,上面的雕像就是孔雀明王了。

一个僧人模样的男子面朝小木像,唱诵着孔雀明王的真言。

这便是四德法师。

四德法师和孔雀明王的木像之间,放着一个被压碎了一半的唐柜。

护呰虞呰具呰宙呰……

四德法师念诵的真言已经结束,接下来他做的事让人震惊不已。

他打开眼前唐柜的盖子,从中取出了一样圆圆的白色物件,再合上盖子,将那白色的东西放在盖子上。

定睛一看,那东西竟然是人的头骨。

"……"

博雅差点叫出声来,不禁捂住了嘴。

四德法师盯着那头骨看了一会儿,然后又拿起来,在手里颠来倒去,横摆侧放,目不转睛地注视着它,似乎是在查看什么。

"奇怪,并没有异样之处……"

就在四德法师这样嘟囔的时候——

"博雅啊,你可以发出声音了。"

晴明说着,从外廊上大摇大摆地走了出来。

他绕到入口那里,打开门扉,走进了大殿之中。他的身后跟着博雅。

四德法师依旧坐在原地,头转向入口方向,把右手伸到了后面。想必他是想将头骨藏在身后。

"是、是谁?"

四德法师的声音中有藏不住的慌张。

"在下安倍晴明。"

"就是土、土御门的……"

"正是。"

"你为什么到这儿来?"

"从柏木季正大人的宅邸顺着足迹来到了这里。"

"这就是说……"

四德法师说不出话来了。

"是的。方才已经看到您拿着那头骨了。"

"那么,您已经知晓所有的事了?"

"并非所有,也有事想询问您。比如,您是在哪里得到那个头骨的,诸如此类的事……"

四德法师先闭上了双眼,然后如同下定决心一般,又将眼睛睁开。

"我有个同胞兄弟,人称智德法师,从智德口中听说过您的法力。我这样的人不能与您匹敌。所有的事情,我都会一一道来。"

四德法师说的智德法师,此前曾想戏弄晴明,拜访过晴明的宅邸。智德是阴阳师,但那时他的式神却被晴明藏了起来,反而被晴明好生戏弄了一番。

"该从哪儿说起好呢。"

"就从刚才说的获得这头骨的经过说起吧。"

"我明白了。"

说完,四德法师开始讲述起来。

五

六年前,四德法师被叫到柏木季正的宅邸纯属偶然。这并非四德有意谋划。

据说季正眼疼,四德便占卜了一番,才弄明白了事情的原委。

前世,柏木季正是叡山的僧人。他在山中修行时跌倒了,后脑撞在岩石上而死。尸身腐朽,仅仅剩下骨骸,如今仍在叡山上饱受风吹日晒。

季正眼疼,原因应该出在这里。于是四德进山找寻,最终在森林中找到了他前世已经化为尸骨的身体。

一看,地上长了荆棘,正好从头骨右边的眼洞里冒了出来。

原来季正眼疼的原因是这个啊。他立即拔掉荆棘,就在这时,他忽然犹豫了一下。

如果这是与柏木季正有因缘的骨骸,那么有了这个,就可以衣食无忧了。

此后,他便将骨头带回去,放进唐柜里藏了起来。即使被发现,也不会有谁拿走人的头骨。

"就这样,我在没有活计的时候,就利用这骨头使柏木季正大人患病。"

如果在骸骨胸口放上大石头，季正就会胸疼；如果用石头敲打那头骨，季正就会头疼。

要治愈也十分简单。拿掉放上去的石头，或者不再用石头敲打头骨就可以了。

最初是一年这般搞上一两次，后来变成一年三四次，最后终于变成了一个月一次。

"季正大人感到不可思议，找晴明大人商谈，确实再自然不过。"

四德法师面向晴明与博雅，深深地低下了头。

六

过了三天，雪便融化了。

晴明的庭院中，梅花盛开，在春日阳光下散发出柔和的清香。

晴明与博雅正望着那梅花饮酒。蜜虫待在一旁，酒杯空了，她便往杯子里斟酒。

"不过，晴明，为什么饶了四德法师呢……"

举着酒杯的博雅说道。

"怎么，你有所不满吗，博雅？"晴明说。

晴明放过四德法师，就此回去了，他将那具与柏木季正有缘的尸骨放进唐柜，送到广泽的宽朝僧正那里，托他优厚地供养。

"都已经结束了。关于此事，今后不必有任何担心了。"

晴明告诉博雅。

仅靠法师的身份不足以果腹，所以，戴上乌帽子、模仿阴阳师行事，不得不以法师阴阳师身份为生的人也比比皆是。

"看起来已经隐没在了雪下，可人心中却暗藏着各种各样的事啊……"博雅感慨道。

"不过，博雅，如果想一想雪的下面也藏着春日，那雪下之物出现在天地之间，似乎也不都是坏事。"

"嗯。"博雅应答道。

"博雅啊，吹一曲吧。"晴明说。

"我也正好想吹呢。"

博雅放下杯盏，从怀里取出叶二抵在唇上。

清越的笛声仿佛融进了梅花的香气。

晴明悠然自得地喝着酒。博雅的笛音飘向远方，春日已经到来。

花下立女

一

花瓣无声地落下。

在安倍晴明的宅邸中,源博雅在外廊上坐着,他右手拿着盛有酒的酒杯,不时望向庭院,忧闷地叹一口气,将酒往口中送。

庭院内,樱花开得正好。从不久前开始,每当起风了,花瓣便在午后的阳光中簌簌散落。

"唉,晴明啊。"

博雅将酒杯从唇边移开,手停在半空中。

"怎么了,博雅?"

晴明背靠一根柱子,视线从樱花转向了博雅。

晴明身穿白色狩衣,肩上和袖上落着一两片随风落下的樱花花瓣。

"是什么时候来着,你说了这样的话,'因为会凋零,花才美丽'。"

"嗯。"

晴明端起酒杯，往嘴边送去。他口中含着酒，红唇上似乎浮现出一丝笑意。

"和花一样，人之所以可怜，不正是因为无论是谁最终都会死去吗？"

"是吧。"

晴明放下酒杯，看着博雅。他的唇上还带着微笑。

那浅浅的笑无论何时都挂在晴明的嘴角，极为真实自然。

"哈哈——"

晴明唇边浮着的笑意渐渐明显起来。

"博雅，你是遇到什么了吗？"

"什么？你是指……"

"不用装糊涂。你摆出这样的表情时，不都是这样吗？"

"这样的表情，是怎样的表情啊？"

"就是你现在的表情。"

"唔——"博雅合上嘴巴，将话咽了回去。

"怎么回事？"

"唉，要说有什么，确实也有。要说没有，也可以说没有……"

"那就是有了。"

"是有。"博雅像下了决心似的说道。

"是遇到什么了？"

"……"

"女人吗？"

"不是。"

"怎么不是？"

"是樱花啊。"

"樱花？"

"六条河原院的东边有一棵樱花树。"

"嗯。"

"那是棵绝美的樱花树,大约十日前,这樱花半开时,我坐着牛车路过注意到了。"

"然后呢？"

"七日前的夜晚,我看天色适合赏月,又坐着牛车出了门。"

二

博雅让牛车停在鸭川的堤坝上,一个人站在樱花树下。

樱花大约开了六七分,抬起头便能从花枝间窥见明月。

博雅从怀中取出叶二,那是之前从朱雀门的鬼那儿得到的笛子。他将笛子抵在唇上,开始吹奏。

笛音清亮,在月光中飘向天空。

曲子并没有名称,他只是想着樱花,按照心中所念吹出了笛声。

微风拂动,花瓣之间相互摩挲,樱花似乎有感于笛音,窃窃私语不止。

博雅吹了一阵,忽地往旁边一瞧,看见有个女子立在樱花树下。

她身着樱花色衣裳,分辨不出年龄,看起来既年轻,又似乎有些年纪了。

这静静地驻足此处的女子没有发出声响,连衣物的摩擦声也听不到。

她在呼吸吗,还是甚至连呼吸都没有？根本无从得知。

只是,女子无声地注视着博雅,那眼眸似乎在央求博雅吹奏下一曲。

当博雅再次开始吹笛时，女子似乎在凝神倾听笛声。

一曲吹完，博雅往刚才女子站立的樱花树下看去，那儿已经没有了她的身影。

下个夜晚，下下个夜晚，博雅都去了六条河原院。

在樱花树下吹起笛子，不知何时，女子便会出现。

美丽的姑娘啊，你是谁家的呢？

博雅想问一问，但一停下吹奏，向她那边看去，就已经不见人影了。

女子在不知不觉之间出现，静静地倾听博雅的笛音，又在不知不觉间消失，可真不像是现世的人。

"什么啊，果然还是女人的事。"

"哎，你听着啊，晴明。"博雅探出身子说道，"然后，是昨夜的事——"

昨晚，博雅又带着叶二去了河原院。

已经过了樱花满开时节，花瓣开始飘零。博雅吹起笛子，女子又现身了。

"但是，晴明，那时姑娘的模样与以往大不相同。"博雅说。

"怎么不同了？"

"姑娘一脸悲伤的神情，在哭泣呢。"

女子站在飘零的樱花花瓣中，泪流不止。

博雅不得不停下吹笛，问道："这是怎么了？姑娘，你为什么哭泣？"

但是，女子没有回答，只是用哀伤的眼眸注视着博雅的脸。

"姑娘啊，你神色如此悲伤，又是什么缘故？"

博雅再一次追问。女子只是无声地凝视博雅,簌簌的樱花落在脸上。

那时,一阵风吹起。樱树枝条剧烈摇晃,无数的花瓣被卷上了月光朗照的空中。

博雅抬头往上看,视线落回原处时,女子早已消失无踪了。

三

"这是昨晚的事。我无论如何都很在意那个姑娘的情况。其实今晚也想去河原院,不过要值夜,必须去宫中。"博雅说。

"原来是这样……"

晴明面露思索的神色。

"那个姑娘若不是现世之人,晴明啊,那就是你的事儿了。她为什么哭泣,我是不明白,但如果有我能办到的,真想助她一臂之力。"

"我知道了。"

晴明将酒送到嘴边,说了句:"今夜我去看看。"说完,将酒饮尽。

四

"晴明,大事不好——"

博雅慌慌张张跑进来,坐到外廊上,这样说道。此时是第二天的黄昏时分。

"怎么了,博雅?"

晴明的声音却十分平和。

"昨夜，我听值夜的人说，那河原院的樱花树因为增建之故，要在今日被砍掉了！"

"然后呢？"

"值夜结束之后，我白天赶到河原院，发现樱花树已经被砍倒了——"

博雅深深地叹了一口气。

"啊，现在想来，那姑娘或许是樱花树的精灵之类，知道次日树将被砍倒，所以她才向我求助，对吧？"

博雅闭上眼睛，微微摇头。

"博雅啊，你看那儿。"

晴明举起右手，指向庭院。

博雅顺着晴明所指的方向看去，庭院的枫树旁，立着一枝还残留着几朵花的樱树枝。

"昨夜，我去河原院，在樱花树被砍之前，折了一根枝条，插在了那里。"

"唔、唔。"

"总之到夏季，它会生根的。这么一来，博雅啊，在你的庭院里种下它就可以了。"

"什么？！"

"哎，你照我说的做便是。"

五

就如晴明所说，那樱花枝条在夏日里生了根，长了叶。

算好了时节，博雅将它移植到了自家的庭院。翌年春天，那樱花树开花了。

博雅心中欣慰，喜爱极了，便吹起了叶二。这时，花下便立着一个女童。

女童注视着博雅，轻轻低头，微微而笑。

屏风道士

一

樱花已经散尽。

两日前还大约留着三分，那夜开始一直到第二日，有如天空裂开了一般，大风摧枯拉朽。第二日清晨，樱花已经几乎散落殆尽，消失在了枝头。

仿佛是一夜之间，所有花瓣都被夜晚的虚空吸尽了。

从昨天到今天，日暖风和，没有了花瓣的枝头吐出新芽，青叶正随风摇动。

晴明与博雅一边观赏樱花树的嫩叶，一边饮酒。

这是在晴明宅邸的外廊上。

"真好啊，晴明。"

博雅拿着盛了酒的酒杯，这样说道。

"什么真好，博雅？"

晴明将盛着酒的酒杯放在食案上，看着庭中的樱花树。他的视线仍然停留在樱树上,开口问博雅。

"就是樱花树啊。冬日里,枝头上不见有任何迹象。可是一旦天气暖和起来,枝头就接二连三地开出花来,在阳光中一齐怒放,热闹非凡。可一夜风吹过,却又消失无踪,不知到了何处。"

"嗯……"

"看着这样的樱花树啊,晴明……"

"怎么?"

"我觉得,这天地间发出隆隆响声,生生不息的景象仿佛历历在目。人也在这天地之间,就像那樱花的一片花瓣。"

"嗯。"

"樱花带来的这种心境,或者说使我发出叹息的心境,可真好。"

"嗯。"

晴明应答着,目光仍然望向庭院。

"花因散落而美,这话以前也说过,不过我现在深刻地体悟到,果真就是如此,晴明。"

"哦……"

"新旧时常交替,这种交替再促进天地运动。在这让身躯颤抖的转变之中,人的所作所为又会如何呢?几乎让人感到悲凉的是,人的技能不是无能为力的吗?望着樱花树,便知道人的技能如此微不足道,不得不深深地对人之可怜有所感慨。正因如此,晴明啊,我看着樱花树,就觉得人可爱了起来,让我几近落泪。生而为人可真好。这样与你一同饮酒,望着樱花树的叶子随风而动,就不禁想到了这些……"

博雅说完以后,晴明放下抱着的手臂,朝他看去。

"正是如此吧……"

"什么正是如此？"

"不，我是说兼家大人的屏风画一事。"

"屏风画是……"

"嗯。今天早晨，从兼家大人的宅邸来了仆人，说想谈一谈屏风的事。"

"就算你这么说了，我也不明白是怎么一回事呀。"

"据说，兼家大人先前从东寺得到一对屏风。"

东寺便是教王护国寺。

"这屏风本名为《默想堂》，是空海和尚此前从唐土带回来的。一直放在东寺里，兼家大人这回得到了。"

"哦？"

"约半年前，大人去东寺时看到了这对屏风，一直念念不忘，再三恳请东寺，送去了衣物等许多物品，还有黄金。这一回，屏风终于送到了兼家大人的宅邸。"

"这又怎么了？"

"这件事呢，博雅……"

于是，晴明开始谈起了那屏风。

二

那屏风画上绘有山水图，山岭重峦叠嶂，从山间到峰顶云雾缭绕。

前面的山岩之间有一道瀑布飞流直下，而在瀑布前面的巨岩上建有一间小屋。令人百思不得其解的是那小屋无门无窗。本该是门的地方，在房檐下挂着一块匾额，上书"默想堂"。

因此，这屏风画便被命名为《默想堂》了。

但是，这间堂绘于这样的画中，究竟是出于什么原因？形形色色的人都对此加以猜测，内容不一而足。

有高僧说：

"这不是堂，乃是人。"

"刻画了人闭口不语，坐于岩上，已达三昧境地的神态。"

又有画师说：

"这画的并非是堂，而是这人世间。"

"没有入口，是为了表达无论风景如何壮美，但只要身处俗世之中，看见这风景也无法享受，才画了此堂。"

因为赏画人不同，对这幅画的评价也千差万别。《默想堂》就是这样一幅画。

不过，这幅画已十分陈旧。纸张泛黄，装帧的屏风边框已经掉了漆，连维系着每面画屏的丝线也断了几根。

需要托人重新换一换裱框，兼家想，于是从播磨国叫来了单师匠。

单师匠从大唐而来，年事已高。身为画师，他还极为精通装裱等技艺，名声已经传到了都城。

兼家托付这位单师匠对到手的屏风画进行修理。

三日前，这位单师匠忽然到了兼家的宅邸。他身上穿戴的服饰如同道服，只身一人前来，并没有带随从。

来人皓首白须，身材矮小，脸上的皱纹如同纵横的沟壑，甚至看不清眼睛在哪儿，形如一只老猴，从外表看不出年龄。

到底要活多少岁月，人才会有这样的姿态呢？

"那么，请这边来。"

兼家将单师匠引至放置屏风的房间，给他看了屏风。

单师匠一看到那对屏风，便"哦……"地低声叹了一句，然后在屏风前面盘腿而坐，默不作声。

"单师匠，能重新涂漆令此物焕然一新，更加出众吗？"

兼家问道，可单师匠依然沉默地看着那屏风画。兼家一看，他脸上的皱纹间涌出泪水，沿着脸颊流了下来。

单师匠低声地呜咽起来。

"这是怎么了？"兼家问。

"请准备笔墨。"单师匠只是这么说。

笔墨很快备好了。他便将笔蘸上墨，立于屏风前，唰唰地在画上挥毫。

恰好在写着"默想堂"的匾额下面那块空白的墙壁上，单师匠画了一扇门。

画完了，单师匠把笔递给兼家。

"失礼了。"

说完，他便将手伸向画纸。指尖触碰到刚刚画好的门上，那扇门便打开了。

"啊……"

兼家发出声音之时，单师匠已经嗖地进了那扇门，走进堂内。

"师匠，单师匠——"

不论如何呼唤，门都没有打开。方才还开着的门，这一刻又变回去了。

到底发生了什么？

过了一天，过了两天，单师匠都没有从画中出来。

这件事让兼家觉得迷惑至极。

三

"所以啊，今天早晨，从兼家大人的宅邸来了使者，说一定要我帮帮忙。"

晴明对博雅说。

"是这样啊。"

"我问使者，今日源博雅大人会来此处，和他一同前去可好？在你来之前不久，得到了允许的答复……"

"哦……"

"本打算喝一两杯酒后，如果你愿意，我们一同去兼家大人的宅邸。而你说起了樱花，说到新物旧物，我自然而然地联想到了屏风一事。"

"原来如此。"

"总之就是这么一回事，怎么样，博雅？"

"怎么了？"

"去吗？"

"去兼家大人的宅邸？"

"是的。你不想看看那对屏风吗？"

"想看啊。"

"那么，一起去吗？"

"嗯。"

"走吧。"

"走吧。"

事情便这样决定下来了。

四

晴明与博雅坐在屏风前。

兼家在边上坐着，脸上露出困惑的神色。

"这就是那屏风画吧？"晴明问。

果然是画中的杰作。画上是连绵的群山与云朵，以及飞流而下的瀑布，此刻似乎能听见瀑布声和风声。

"正是。具体经过应该已经告诉你了，真是令人头疼。"兼家说。

原来，画中的墙壁上，用新的笔迹画上了一扇门。

博雅与晴明用手指触碰那扇门，门并没有开启。

"究竟发生了什么？"兼家问。

"这件事，除了问他本人，没有别的办法。"晴明说。

"本人？"

"就是单师匠。"晴明说，"兼家大人，请准备笔墨。"

这与单师匠三日前所说的话相同。

"顺便再准备一个盛满酒的酒壶和三个杯子。如果府上有佳肴，可否一同放在食案上备好？"

晴明所说的东西很快就准备好了。

晴明立于屏风前，取笔蘸了墨，将笔尖落到了默想堂的墙壁上。他轻快地运笔，在那里画上了一扇十分显眼的窗户。

画中的堂壁看起来有两面，其中一面画着门，晴明在剩下的一面本来什么都没画的墙壁上，画了窗子。

晴明将笔递给兼家，双手端着食案，站在博雅面前。

"博雅大人，您可带着叶二？"晴明问。

"嗯，带着呢。"

"那我们走吧。"

"去、去哪儿?"

晴明没有回答,说:"博雅大人,可否握住我右边的袖子?"

"唔、唔。"博雅照他说的做了。

"那么——"

晴明转向屏风,迈出了脚步。

然后,晴明与博雅的身影穿过了方才画好的窗子,消失在了画中的堂内。

五

晴明与博雅站在堂中。

室内并不怎么宽敞,地板是用石头铺成的。

朝着山的方向有个露台,那里坐着一位白发老者,他正望着对面的瀑布。

瀑布的水流洁白如练,连绵不绝地倾泻而下,如同时间自天而降,绵绵无尽。

老者——单师匠坐在露台上,蜷着身子,一直眺望着风景。

"单师匠……"晴明向他攀谈道,"我们带着酒和佳肴来了。"

晴明与博雅一同走上去,将食案放在单师匠面前,在一旁并排坐下。

"哦……"单师匠看到了晴明,"你是……"

"在下安倍晴明。"晴明拿起酒壶,说道。

"听过这个名字,你是阴阳师吧?"

"是。"晴明应道。

"在下源博雅……"博雅说。

"在这里待了三日，想必您已经口渴了吧。"晴明手执酒壶，递向单师匠。

"多谢……"单师匠拿起杯子，伸了出去。

晴明往杯中斟酒。

"唔……"

单师匠端起这杯满满的酒，眯着眼喝了下去。

"二位也一起如何……"单师匠向二人劝酒。

"那就——"

"不客气了。"

晴明与博雅互相为对方斟酒，喝了起来。

瀑布的水流声平静地回响着。三人一边听着那声音，一边悠然地饮酒。

不久后，单师匠将酒杯放下，开口了。

"你为什么不问……"

"如果你是阴阳师，则是受兼家大人之托而来。为什么我消失于此画中？究竟发生了什么事？你为了寻找原因，才来此处吧？"

"是的。"

"那你问便是。作为酒的谢礼，我会一一道来的。"单师匠说。

"既然如此……"

晴明也放下酒盏，问道：

"此刻我等所在的这幅画，听闻是大唐之物，看单师匠的样子，似乎此前便已知晓此画了。您与这幅画有何种缘分呢？"

"原本这幅《默想堂》，是在距今三百多年前的唐太宗时代，我在长安所画下的……"

"可真是久远啊。"

"看，这就是大唐终南山的景色。"

"哦……"

"我年轻时十分憧憬神仙的世界，便远离人世，想让身心与天地合一，与天地共生。"

"嗯。"

"这个默想堂就是当时我本身的姿态。既没有进出人世的门扉，也没有窗户，只是在天地间与其共生，这是我最大的心愿。我为此苦心修行，自我约束，年复一年最终修得的成果，便是如今的姿态了。"

"如今的姿态？"

"该说是才能吧，或者一个人本身具有的真实器度，又或者只是因为修行不足，最终我也没有成为天仙、地仙，乃至尸解仙，却终于成了假神仙——道士，仅此而已。"

"仅此而已？"

"可以比凡人长生。虽然不能说是与天地同寿，倒也能活上三百年，还掌握了脱离疾病的法术，但随之而来的代价……"

"代价？"

"只是徒然地增长岁数罢了。"

"……"

"活一百年则有一百岁，活二百年则有二百岁，活三百年则有三百岁。在我这身体中，代表衰老的年龄会一直这样累积下去，晴明大人……"

"是的。"

"我为此舍弃了父母，身边没有妻子，没有子孙，也没有一位

253

朋友，就这样活到了现在。不是没有遇到心仪的女子，但也只能看着她慢慢衰老，先我一步而去。"

"……"

"只剩下我一人如这天地一般，被众人遗弃，年复一年徒然增长年纪。所谓的长生就只是如此而已，就只是如此……"

单师匠深深的皱纹里，泪水一道道地往下流。

"真是毫无意义的长生……"

"……"

"我父母是如何死去的？晴明大人，我因为一心追求修行，连这些都不得而知。"

单师匠叹着气说道。

"听说这屏风画时，我惊讶极了。三百年前我在大唐所绘之物，竟然传到了这个国度。"

"……"

"从兼家大人那儿得知了屏风的事。我只求见一见此物，于是从播磨来到都城，这果真是我从前画的《默想堂》。"

"嗯。"

"看见这画时，联想到时至今日，我究竟都做了些什么，便不知不觉泪流满面。"

"……"

"我真是愚蠢。啊，这是何等的愚蠢！一个人孤孤单单地长命百岁，绝不是幸福啊，晴明大人。"

单师匠露出追悔莫及的神色。

"在那个世界，我无地自容，才藏身于这画中。"

"原来如此。"

晴明的声音里仿佛蕴藏着无限的温柔，充满暖意。他看着崇山峻岭与瀑布，喃喃道："不过，这可真是孤独的美景……"

"博雅大人，笛子——"

听到晴明的话语，博雅无声地从怀里取出叶二，抵在唇上吹奏起来。

笛音如丰沛的水流一般，静静地从叶二中流淌而出。

"真是……"

单师匠发出感叹声。

六

从屏风画中传来了笛声，兼家正在疑惑发生了什么事情。不久，那笛声停止了，晴明、博雅与单师匠一同从画中走了出来。

"这画可算是完成了……"

单师匠说完，没有碰屏风和上面的画，便离开了。

所以，在兼家的宅邸里，只留下了那对单师匠与晴明运笔添上门窗的屏风。

"不是很好吗？若是这幅画的来龙去脉与单师匠方才说的一样，就是这幅画的价值所在。"

兼家说着，感到十分喜悦。

从默想堂的窗口能看见露台，那里还放着盛有三只杯子与一把酒壶的食案。

产养之磐

一

一个女子正在匆匆赶路。

她走在山路上。

天空中有太阳,不过四周已经开始飘荡着黄昏的气息。因为地处深山,太阳被山岭遮挡着,光线无法直射进来,森林中更显得幽暗。

女人似乎走错了路。虽然她知道这里是伊那谷的某处,但具体是在哪儿,就不得而知了。

她脚下走的根本称不上道路,大概是踏进了野兽踩出来的兽道,因为夏草的遮掩,前方的路都快看不见了。

这条好不容易才找到的兽道,也因为树根和岩石阻挡,变得断断续续的。而现在,女子正走在深邃的杉树林中,仿佛被山林团团围住了。

最终,前方已无路可走,她停下了脚步。

身处其中，山中的香气愈发浓郁，那香气从杉树的树干、根部和树液中不断散发出来，似乎要渗入人的身体。

如果站在那里不动，就觉得自己将要与这座山合为一体，成为山的一部分了。

这当然只是女子天真的想法，如今，她并不是独自一人，体内正孕育着新的生命。

必须赶在日落前找到睡觉的地方。难道附近就没有可以安全度过一晚的场所吗？

虽然已是夏日，夜晚却凉意袭人。要是淋了雨生了病，对腹中的胎儿没有好处。

这一整天，女子只是在中午时分吃了些干粮，此外再也没有吃东西。能在山中找些野菜果腹也好，可现在已经是夏日，能吃的草和树叶都已不再鲜嫩。

如果站在那儿一动不动，仿佛觉着脚底会长出根来，定在原地无法动弹了。

她这是第一次踏上旅途，更何况是一个人出行。

脚下的路越走越寂寞，她此刻觉得父亲所说的才是正确的。

自己难道应该在父亲身边，把孩子生下来才好吗？

但不论出于什么理由，即使是遭遇不幸也好，她都想去都城看一看。

就算父亲说的没错，男人并没有在等自己，这样也足够了。

孩提时代，她便对都城十分向往。那里人群熙熙攘攘，店铺林立，身着华丽服饰的男女款款而行，或许能从贵族的宅邸里听到最时新的乐声。

真想去啊。

想去都城看一看。

女子这样想着,脚步自然而然地随着思绪向前走去。

走了一会儿,林中豁然开朗。眼前是一片夏草繁茂的草原,看起来有人走过的痕迹。

沿着足迹走去,草原上出现了一块巨大的磐石。

那磐石约有一座宅子那般大,石面像耸立的墙壁,表面还有些突起和凹陷的地方,可以徒手攀爬。

在那巨大的岩石旁边,生长着古老而挺拔的杉树。

走到磐石前,周围明显能看到有人踩踏过的痕迹。没错,看来确实有人多次来往于此。

随后女子发现,在巨石下的地上放着什么东西。定睛一看,是个精美的涂漆盒子,边上立着一个竹筒。

盒子的盖子是合上的。她走上前,伸手拿起了盒子。

里面似乎放了什么东西,沉甸甸的。打开盒盖,令人难以置信的是里面竟然装着年糕,一共五块。用手指碰一碰,那年糕似乎是刚刚捣好的,还十分柔软。

女子已经无法忍耐,便拿起一块年糕放进口中。年糕十分美味,她吃了一块又一块。转眼间,五块年糕都被吃了个干净。

吃完以后,肚子虽然填饱了,却又觉得口中干渴。

女子便拿起竹筒,感觉里面装着水之类的东西,便拔掉了筒口塞着的木栓,顿时从竹筒里飘出一股香气。

里面盛的是酒。

女子喝了一两口酒,润了润嗓子,因为本来就不喝酒,只是解解渴便满足了。

她将盒子原样放回地上,不过为防万一,用绳子将盛着酒的竹筒挂在腰上带走了。

前方依旧是一片森林,从巨石延伸出去的踏痕变得更加清晰,向那边延展。

女子心想,沿着踏痕肯定能走到有人家的村庄,便迈开了脚步。

她往前走去,道路在森林中延伸,快走出森林时,隐隐约约看见了人家,还有田地。

终于到有人烟的地方了。

此刻已经是黄昏时分,终于能在日落前赶到有人住的地方,女子松了口气。

站在村口第一户人家门前,女子喊道:

"请问有人在家吗?"

随后,从门里出来一个男子。

"怎么了?"

男子上下打量了女子一番,问道。

"我途经此地,在山中迷了路,可算找到这里了。不知今晚能否让我留宿一晚?如果能在屋檐下借宿,必将万分欣喜。"

"你说你迷路了?"

说话间,男子的视线停在了女子的腰间,那里挂着一个竹筒。

"这个竹筒是怎么回事?"

听到男子的质问,女子便如实答道:

"在快要出森林的地方有一块巨大的磐石,这竹筒是在磐石下面发现的。"

"你喝了里面的东西?"

"是的,喝了一点。"

"这竹筒边上应该有个盒子,里面装着年糕……"

"万分抱歉,是您的年糕吗？"

"抱歉？"

"还请见谅。因为实在饥饿难耐,我便吃了盒中的年糕。"

"应该有五个啊。"

"是的,那五个年糕全被我吃了。"

"呃……"女子说完,男子挠挠头,像呻吟一般说,"你看看你都干了些什么！竟然把献给灰坊大人的年糕全吃了！"

"灰坊大人？"

男子不顾女子的疑惑,喊了起来：

"喂,大家都出来,出来！"

"怎么了？""什么事？""发生什么了？"……男子话音刚落,便从各户人家纷纷传来回应,呼啦一下出来十几个男男女女。

"怎么回事？"出来的男人中,有一个人问道。

"这个女人将我们供奉给灰坊大人的年糕都吃掉了。"

村民们七嘴八舌地叫道：

"什么？全都……"

"全都吃了吗？"

"她这是做的什么事啊！"

果然,大家都显出一副十分为难的模样。

"万分抱歉。灰坊大人究竟是何方神圣呢？我会前去与灰坊大人赔礼,还请各位见谅……"

女子朝村民们低下头。

"对了,用这女人代替年糕不就行了吗？"

忽然传来这样一句话。

"对,对。这个女人吃了年糕,就用她当供品,给灰坊大人吃不就行了？"

"就得这样，把这女人当供品就可以了。"

大家说出的话让女子觉得心惊胆战。

女子不知道发生了什么事情，要是这样下去，后果不堪设想。如此想着，她便打算逃走。

"不准逃！"

"抓住她！"

女子被村民们团团围住，连挣扎的余地都没有，便被七手八脚地按住，用绳子绑了起来。

"来人啊，快去把事情经过告诉锻造屋的婆婆，问问她能不能将这女人当作年糕的替代品。"

"好！"有人应了一声，跑了出去。

不久后，那个人回来了。"就这么干吧。婆婆说，如果献上年轻女子，山神也会高兴的。"

周围顿时沸腾起来，大家纷纷叫道"就这么办"，"就这么办"。

"那走吧。"

"好，走。"

村民们出发了。女子只有双脚可以活动，被村民们拉扯着，又被带到了那块巨石前。

四周已经昏暗下来，村民当中有几个人手持松明火把。

"把她的脚绑起来，免得逃走。"

"她可是山神的供品。"

女子被扔在了磐石下面，双手被绑在身后，两只脚踝也被牢牢绑住了。

"嗷……嗷……"

此时，森林深处传来不知是何种野兽发出的号叫声。

"是山神大人。"

"把女人扔在这里，我们撤吧。"

"好！"

"去和锻造屋的婆婆报告一声。"

村民们说着，呼啦啦地在黑暗中消失了身影。

女子横倒在磐石底下。茫茫草野上，只有她孤身一人被扔在那里，而且动弹不得。

夜色愈发浓重，东边的天空中升起了黄色的月亮。

"嗷……嗷……"

"嗷……嗷……"

野兽的叫声此起彼伏，在四下里响起。

"嗷……嗷……"

"嗷……嗷……"

那声音渐渐靠拢过来，莫名地让人感到害怕。

自己会被这围过来的野兽吃了吗？

不，不仅是自己，还在腹中的胎儿也一定会被吃掉。

啊，真如父亲所说，不该去什么都城，留在诹访就好了。

等到女子回过神来，黑暗中已经有点点绿光在闪烁。那光点忽左忽右地移动着，是野兽的眼眸。

"女人……"

耳边响起了这样的声音。和人的说话声相似，但混杂着从齿缝间漏出的嘶嘶声，让人恐惧。

"是女人……"

"是女人……"

"这个女人怀着孕呢。"

"腹中有小儿。"

"有哩。"

"看起来好吃极了。"

"腹中的小儿尤其美味哟。"

多么让人害怕的声音。

"有人吗？快来救救我——"

女子声嘶力竭地喊道。

就在这时，从头顶上传来了一句"看来是有难了啊……"。一个沙哑的男人声音说道："怎样，要我救你吗？"

"无论是谁都可以，请救救我——"

女子说完，那声音又说："那我要谢礼。"

"谢礼？"

"似乎从你那里散发出了酒的香气。难道你腰间挂着的竹筒里装着酒吗？"

"是、是的，里面装着酒。"

"这酒就给我吧。"

"什么都可以给您，还请救救我——"

女子说完后，磐石上立刻垂下一根前端带着钩子的绳子，钩住了缠在她腰上的绳子。

女子的身子被吊了起来。

"啊，她要逃走了。"

黑暗中声音四起，那些绿眼睛一齐出动。其中一对光点飞快地接近。它奔上前来，扑向女子悬在空中的身体。

牙齿咬合的咔嚓声在耳边响起。

"就差一点了……"

在抱怨声中,女子被拉到了磐石顶上。

二

女子身上的绳子被解开了,一看,磐石顶上原来是平整的,那里站着一位老者,沐浴着月光。

他一头白发,满脸白胡须。头发如同胡乱生长的蓬草,脸上皱纹很深,皱纹之间有两只如同野兽一般的黄眸子闪着光。

与其说是人,他看起来更像从黑暗中生出的妖怪,不过那眸子中并非没有人情味。

"危急之时,承蒙您救了性命,万分感谢。"女子说。

"我乃芦屋道满……"老者开口了。

"道满大人?!"

"嗯。"这位老者——道满点点头。

这时,兽群在黑夜中纷纷聚集而来。

"混账,让她逃走了……"

"我们可爬不上这块石头。"

"太不甘心了……"

"太不甘心了……"

从磐石下面传来了这样的声音。

往下看去,数十只黑黝黝的兽影正包围着磐石。

野兽们似乎齐刷刷地抬起头看着磐石顶上,亮着绿光的眼眸从黑暗深处盯着这里。

"我是旅人啊……"道满说,"旅途中,天色渐渐暗了下来。这附近不安生的野兽极多。正好有块适合躲避兽类的磐石，便打算今晚睡在这上面。"

结果底下开始喧闹起来，一堆人拖着一个女子过来。男人们扔下被捆住手脚的女子，就离开了。

当时男人们人多势众，棘手得很，所以道满没有理睬。但只剩下女子一人时，森林里的野兽就不安分了。

"然后，我似乎又闻到了酒香。想着救人能得到酒喝，就出手了——"

咕噜咕噜，道满说话的声音如同泥浆沸腾一般。

"那，我就收下这酒了。"

道满解开绳子上的结，从女子的腰间取下酒拿在手上，拔掉栓子。

他盘腿而坐，将鼻子凑近竹筒。

"真是好酒，香气扑鼻啊。"

说着，道满捧起竹筒，将筒口对着嘴，在月光下津津有味地大口大口喝起来。

"女人，你缘何落到这种地步？"

道满一边喝一边问道。

"其实——"

女子在磐石上端坐好，开始述说自己的遭遇。

三

女子家住诹访，名叫沙久也，是诹访神社的神官之女。

她与自都城而来的男子橘诸亲交好，但大约一个月前，诸亲返回了都城。

"我至死也不会将你忘记。如果发生什么事,你随时都可以来找我。"

诸亲留下了这句话,便离去了。

诸亲回去约半个月后,沙久也发现自己已经有了身孕,腹中孕育着诸亲的孩子。

她想到诸亲所说的那句话,话中指的便是此事吧。于是,她十分想去都城。

她将想法如实地告诉了当神官的父亲。

"沙久也啊,所有男人在分别时都会这么说。你信以为真地去见他,可并非上策。"

父亲这样劝说道。

"我会照顾你腹中的孩子,你不必有任何担心。由我这个做父亲的来说可能有些不合适,但你长相出众,以后还会有适合你的良缘出现。"

但是,沙久也没有就此罢手。

她急匆匆地为旅行做了准备,只身一人离开了诹访。

四

听完了女子的话,道满"哦……"了一声,又大口喝了几口酒,看向女子。

"都城的男人啊……"

他微微摇头,嘴角含着笑。

"然后,你是中途迷路了吗?"

"是的。"

女子说道。在这磐石下发现盒子，吃了盒中的年糕，终于来到有人烟的地方，却被村民抓住再次送回这里——她将这些遭遇也一并说了出来。

"村民们都在说灰坊，灰坊到底是什么呢？"女子问。

"女人啊，你叫沙久也，是吗？"

"正是。"

"在伊那谷这里，把刚生下的狼崽叫作灰坊。狼与大神息息相关，对村民而言就是山神了。"

"是、是吗？"

"一旦狼生了幼崽，这里的村民就会给山中之神——也就是神明供奉祭品，准备年糕和酒放在山里。地点大多在大树下，或者在这种巨石下。那些人将这种做法叫作产养……"

"原来如此。"女子——沙久也应道。

"如果不这样做，狼会发怒袭击人类，吃掉村中的牛。走错一步的话，大神也就变成祸神了。"

"所以村民们才将我……"

"将你当作供品，用来代替年糕了吧。"

"什么……"

"沙久也，你吃了年糕，我喝了酒。对下面聚集的东西而言，我也犯下了一样的罪行。"

道满一脸欢愉地咯咯大笑。

"下面聚集的东西？"

"大神，也就是狼了。"

"但那东西会说人语。"

267

"不管是什么，兽类也好，器物也罢，历经足够长久的岁月，便会说人语。群体中的同类也跟着这东西学会了人话……"

道满正说着的时候，从下面传来了声响。

"怎么都爬不上去啊。"

"怎么做才好？"

"要不是人，就爬不了呀。"

"去找锻造屋的婆婆商量可好？"

"对。"

"对。"

"叫婆婆过来。"

"去叫来。"

"对。"

"对。"

一阵议论过后，下面便安静下来了。

往下看去，底下黑黢黢一片，那些发光的眼眸也不见了。

"那些东西去哪里了呢？"沙久也问。

"什么去了哪儿，它们潜伏在黑暗中垂涎三尺，正想吃掉我们的肠子呢。"

道满一边嗤笑一边说。

"道满大人，您不感到恐惧吗？"

"黑暗是我的被褥，地狱的狱卒都是我的同胞，有什么可怕的。可怕的不是妖怪，也不是黑暗……"

"那是什么？"

"究竟是什么呢……"

道满抬头望着天上的月亮。

沙久也看着他的脸，问："道满大人，您一直是孤身一人吗？"

"我不是说了吗？黑暗是我的被褥，地狱的狱卒都是我的同胞。"

"没有人与您一同饮酒吗？"

"要说没有，就没有。要说有，也算有吧……"

"那位是谁呢？"

"是个和我一样的男人。但是他没有踏上我走的这条路，在都城过得还算可以。他可真是……"

"真是什么？"

"算了，那样不也挺好吗？"道满话锋一转。

"请您继续说下去吧。"沙久也催促道。

"都城那个男人也有酒伴的。"

"不是道满大人您吗？"

"这可、这可……"道满低声笑道。

似乎是要盖住这笑声似的，从下面的黑暗中传来了呼唤声：

"沙久也，沙久也啊……"

听到那声音，沙久也忽然浑身颤抖。

"是我啊。我是橘诸亲。"那个声音说。

"诸亲大人——"

沙久也站起来，从磐石的一端朝下望去。月光自高空洒下，朦胧的夜色里立着一个人影。

"你怎么会在这里？"

"我是来带你走的。"

"带我走？"

"是啊。"那个人影说，"我撒了谎，所以愧对于你。"

"撒了什么谎？"

"我本来不住在都城，和你说的都是谎话。"

"这是真的吗……"

"是真的。我原本是居住在这山中的一匹狼，想在人世生活一番，便化作人形来到了人间，于是与你相遇了。"

"这……"

"我是真心爱着你的，可是一想到到头来，人与兽终究无法共处，就自行离开了你的身边。"

"……"

"因为我知道你腹中有了孩子。只要我不在你身边，胎儿便能作为人出生。如果我在的话，胎儿就会成为兽崽来到世上。我只希望这孩子能作为人的后代出世，所以离你而去了。

"刚才听到了消息。沙久也，我总觉得他们说的就是你，所以才急着赶过来。再次听到你的声音，我爱着你的那颗心无论如何都无法平静下来。沙久也啊，不和我一起在这里生活吗？出生的孩子或许不是人类，但始终都是你我的孩儿，这一点是不会变的。"

"……"

"怎么样，从这磐石上下来吧……"

"我下去，现在就下去，诸亲大人。"

"等等——"道满上前阻止。

"为什么？"

"他的话太滴水不漏了。"

"他说的话怎么了？为什么他知道我的名字？为什么他知道诸亲大人从我身边离去之事？不正因为他是诸亲本人吗？"

"不是你自己说出口的吗？"

"什么时候？"

"就在刚才,你不是和我说了自己的遭遇吗。他是听到了这些话啊。"

"怎么会……"

沙久也带着要哭出来的表情看着道满,像是突然想到了什么似的,她又看向磐石下方。

"诸亲大人,请您回答我一个问题。"

"什么问题?"

"诸亲大人,您脸上有一颗黑痣,是在右脸颊上,还是左脸颊上呢?"

问题出口之后,下方出现了片刻的沉默,接着传来怪异的笑声。

"你是在试探我吧。我来回答,我两边脸颊上都没有黑痣。你不是很清楚吗?"

"诸亲大人!"沙久也不禁欣喜地叫道。

"等等。"道满不管不顾,一把抓住要跳下磐石的沙久也的手,同她一起落到地上。

下来一看,那里站着一个仿佛是人形的东西。

"诸亲大人。"

沙久也呼唤了一声,停下了往前的脚步。

那人的脸上,鼻子尖尖地往前凸了出来。

"你总算来了,沙久也。"

他的嘴一下子张开,露出牙齿和长长的舌头。

"真的,你看起来真美味啊。"

说完,那道影子便飞扑过来。

"啊!"

沙久也大叫一声,想要逃走,可是那东西扑过来的速度更快。

就在牙齿即将咬上沙久也的脖子时,有一个身影轻柔地飞了起来,落在她与那个东西之间。

那个人便是芦屋道满。

"放开她,放开她!"道满喝道,"除非你不知道我芦屋道满!"

"什么?!"

"你要是不知道芦屋道满,那可知道播磨的秦道满?"

道满说话时,从黑暗中传来了"嗷……嗷……"的号叫。

一匹又一匹狼从草丛里钻出来,向这边移动。

"那个播磨的道摩法师是你啊……"那东西说。

"正是。"

"传闻是听过,不过这里既不是播磨,也不是都城。就从你开始吃起怎么样?"

那东西一下子张开大嘴,猛扑过来。那一瞬间,道满冲着它的脸挥出了右手。

他手上握的是尖锐的竹棒。

刚才,道满将自己手中的竹筒劈开,削尖了竹条的顶部。

"呀——"

道满大喝一声,把竹条的尖端刺入了那东西的左眼。

啊!

号叫声响起。一看那逃窜的身影,是一匹全身覆盖长长的银色兽毛的大白狼。

再回过头,才发现那无数的狼早已不知所踪。不知不觉间,狼群也消失了。

像是放下心来一般,伫立在原地的沙久也终于开口问道:"刚才那是……"

"是历经年岁的狼啊。活了百年的狼化为了人形。"道满说。

"那刚才的诸亲大人……"

"他并不存在。"

道满说完，月光下，沙久也开始静静地流下眼泪。

道满听着沙久也的哭泣声，望着逐渐升到苍穹中的月亮。

五

翌日清晨，道满和沙久也走到了那个村庄。村里唯一一家锻造屋的婆婆在家中死去了，引发了一片慌乱。

本来是老婆婆的丈夫做锻造活计，不过十年前丈夫死了，现在由他的妻子——老婆婆继承了事业。

据说，这老婆婆是因为眼睛被什么刺到，所以才死去了。

而且，大伙儿眼看着那老婆婆的身子发生变化，不知不觉间，竟然变成了一匹浑身覆着银毛的巨狼。

道满让村民在磐石下面挖坑，埋了那匹狼的尸体，诵完经，他和女子一起离开了。

道满和沙久也分别，是在走出这村庄之后。

"万分感谢。"

沙久也在离别之际这样说道，并深深地低下头。

"我打算回故乡，留在父亲身边。"

沙久也面带意味深长的微笑，在风中转过身，背对着道满走了。

道满似乎有些不知所措，继续站在原地，望着天上的流云。